여자의
숨-쉴 틈

인생의 길을 잃은 여자, 인생의 끝에 선 노인을 만나다

여자의
숨-쉴 틈

글 박소연
글·그림 양수리 할아버지

"거기 누구 없어요? 나 좀 도와주세요."
"지쳐 보이는구나. 잠시 쉬었다 가렴."

베프북스
Best Friend Books

남자라는 터를 잡고, 아이라는 기둥을 세우고, 세월이라는 벽돌을 한 장 한 장 쌓다보면 여자가 숨 쉬는 그 자리가 집이 됩니다. 부엌에 앉아 마늘을 까다가 문득 밖을 쳐다봅니다. 창을 타고 노을빛이 잠잠히 안으로 흘러내립니다. 들어온 빛이 바닥을 적십니다. 나가지 못해 맴맴 돕니다. 집을 지으면서 부실시공을 했습니다. 창을 달았는데 열리지가 않습니다. 창이 벽이 되었습니다. 간혹 문도 말을 듣지 않습니다. 그럴 때면 어둠이 목까지 차도록 갇혀있어야 합니다. 창은 열리는 것이어야 하는데, 여자는 애초에 손보지 않은 자신을 탓해봅니다. 밤이 되어 남편이 귀가합니다. 아이가 돌아옵니다. 여자는 눈물을 지우고 반갑게 웃어 보입니다.

이 아름다운 책이 고장 난 창을 손볼 수 있는 계기가 되길 바랍니다. 여자의 숨 쉴 틈이 있어 삶이 겨우겨우 돌아갑니다. 투명한 책을 써 주신 박소연 작가님께 감사드립니다.

－이정훈(책과강연 북콘텐츠디렉터)

그녀가 글을 쓴다는 사실을 나는 몰랐다. 어느 날 뜬금없이 책을 낸다며 추천사를 써 주실 수 있냐는 카톡을 보내왔을 때도 생뚱맞은 느낌이었다. '글을 쓴다고요? 요즘은 누구나 글을 쓰지요 뭐.' 아마 이런 기분이었을 것이다. 글 쓰는 사람은 너무 많고, 책도 너무나 많이 나오는 세상이다. 그런데 책 읽는 사람은 적다. 아주 적다. 책은 안 팔리고, 먹고 사는 일이 작가에겐 여전히 벅찬 일이다. 그런데 왜 책을 내지? 하며 그녀의 원고를 훑어보기 시작했다. 그리고 원고를 보내온 그 메일에 바로 답장을 쓰기 시작한 것이 이 글이다. 마치 북아메리카 인디언이 지혜를 풀어놓듯 툭툭 던지는 양수리 할아버지의 이야기와 인생의 희로애락이 묻어있는 메시지를 전달하고 해석하는 작가의 글솜씨가 흥미롭다. 무심코 집어 들었다가 끝까지 읽는 책은 아마 이런 책일 것이다. 구석진 곳에 놓인 채 사용하지 않던 스탠드의 스위치를 누르듯 펼치는 순간 이 책은 깜빡, 하고 켜지며 마음에 빛을 준다.

−김재진 (시인)

매일 자신을 위해 꽃을 사고, 주변 사람들에게 꽃을 선물하는 사람의 마음은 어떤 마음이며, 어떤 행복을 느낄까? 박소연 작가님과의 만남은 2016년 〈EBS 다큐프라임_'나를 찾아라' 3부작〉 실험 다큐멘터리를 제작하면서였다. 그녀는 자신의 고민과 문제를 방송을 통해 고쳐 나갈 수 있다면 무엇이든 하겠다는 눈빛이었다. 남편과 두 아이를 위함도 있지만 무엇보다 한 남자의 아내, 두 아이의 엄마가 아닌 오롯이 자신을 위해 변해야겠다는 생각을 한다는 그녀의 말에 마음이 움직였다.

매일 새벽 4시에 일어나 컴퓨터를 켜고 글을 쓰는 모습에서 그녀의 진심이 느껴졌다. 나는 그 진심이 이 책을 통해 누군가에게 가 닿으리라 믿는다. 이 책을 읽으실 독자님들 역시 자신만의 양수리 할아버지를 찾아보시길 희망하며 추천사를 갈음하려 한다. 이 책은 4월의 황사와 미세먼지로 고통 받는 봄날에 내리는 고마운 단비와 같다.

– 김현우(가온누리미디어 대표, 다큐멘터리PD)

"거기 누구 없어요? 나 좀 도와주세요."

이 문구를 보는 순간 눈물이 왈칵 쏟아졌다. 엄마로, 아내로, 사업가로, 며느리로, 딸로 살아오면서 한 겹, 두 겹 껴입었던 갑옷의 무게가 너무 무거워 삶을 포기하고 싶었을 때 속으로 속으로 했던 그 말.

혹시 누군가 지금 이런 심정이라면 난 힘껏 안아주고 싶다. 좁은 어깨지만 내어주고 싶다. 내 힘든 여정에 최고의 처방은 언제나 사랑이었으니까. 이 책은 말한다. 울고 싶은 당신에게 손수건과 따뜻한 포옹을 주겠다고. 혹시 필요하다면 상처 난 어깨지만 기꺼이 빌려주겠다고, 음치라 곱지 못한 실력이지만 노래 한 곡 불러주겠다고.

– 이나금(아라인베스토리 대표,
《나는 부동산 투자로 인생을 아웃소싱했다》 저자)

목
차

추천사 • 4

들어가며   저는 비빔밥입니다 • 12

1장   나, 삶
              돌보지 않은 날들,
              나조차도 돌보지 않은 날들

        어느 아침 • 19
        죽지 않으려고 먹지는 말자 • 29
        몸이 아파 마음이 살 때가 있다 • 34
        가끔은 너를 보고도 살아 • 40
        돌아갈 수 없으면 서둘러 떠나라 • 45
        몽당연필 • 50
        마음도 돈이 없으면 증명하기 힘들다 • 53
        깨끗하게 가고 싶다 • 56
        이별 • 60
        친구의 아버지 • 66
        착각 • 73
        삶은 생물이다 • 75
        저장증후군 • 79

2장   여자, 사랑
여자의 숨 쉴 틈

결혼은 정답이 아니라 반복되는 물음이다 • 89

사람에겐 사람이 삶의 힘이다 • 94

숨 쉴 '틈' • 97

창이 하나인 이유는 같은 곳을 바라보라는 것 • 101

내가 아는 나랑 남이 아는 내가 있다 • 107

남자가 남편이 될 때까지 • 116

때때로 여행이 필요할 때 • 123

당연한 자리 • 130

누구의 탓 • 133

그릇 • 136

자세히 볼수록 돋보이는 사람 • 141

보통으로 산다는 건 • 147

자신의 보폭으로 걷다 • 150

어디든 행복이 있는 곳에서 살자 • 155

성난 파도는 멀리서 볼 때 아름답다 • 161

행복의 향기 • 165

사람 향기 • 168

3장   엄마, 가족
꽃병에는 꽃무늬가 없다

지금 네 모습이 30년 후 네 아이들의 모습이다 • 179

꽃병에는 꽃무늬가 없다 • 185

그럼에도 불구하고 • 189

인생엔 신호등이 없다 • 191

들어서지 않으면 알 수가 없다 • 198

아이에게도 배울 게 있다 • 203

부모에게 자식은 나이먹지 않는다 • 208

애탄 부모는 소리 없이 운다 • 215

성형을 하는 진짜 이유 • 223

아들의 회장 선거 • 228

목숨처럼 사랑해 • 233

오늘도 글을 씁니다 • 238

끝내며   앉다, 안기다 • 244

저는 비빔밥입니다

저는 비빔밥입니다.

언제부턴가 저희 집 부엌에서 제 자리가 사라졌습니다.

무감각해져서 불편하지도 않을 만큼 오래되었습니다.

아이들이 먹다 남겨 놓은 밥과 반찬들.

그것들을 큰 양푼에 쏟아 넣고 쓱쓱 비벼먹으며

끼니를 때웁니다. 맞습니다.

때운다는 말이 적당한 것 같습니다.

"마구잡이로 섞인 비빔밥이 마치 제 인생 같습니다."

그저 되는대로, 아무렇게나 버무려진 느낌.

이런 것이 '엄마'라는 업을 짊어진

여자의 운명인가 싶습니다.

단 한 순간만이라도 '남편을 위한 나',

'자식을 위한 나'에서 벗어나고 싶었습니다.
어느 날 문득, '나는 무엇을 위해 사는가?'라는 질문에
길을 잃었습니다.

자식을 위해서 산다는 답이 당연한데…,
그렇게 말해버리기가 겁이 났습니다.
살아갈 날이 이토록 긴데,
제 삶에서 자식과 남편을 빼고 나면
아무것도 남는 게 없는 제 자신이 두려웠습니다.

지금 행복하지 못하면 앞으로도 행복할 수 없겠지요.
답답한 마음에 양수리 할아버지를 찾아갔습니다.
노인이 꺼내 놓은 이야기는 아름다웠고
때로는 아프기도 했습니다.
세월에 묵혀둔 지혜의 말을 꺼내놓을 때마다
멈췄던 숨이 트였습니다.

엄마가 불행하면 가족이 불행합니다.
그래서 글을 씁니다.
오늘도 부엌에서 차 안에서 소리죽여 우는 누군가를 위해
이 글을 전합니다.

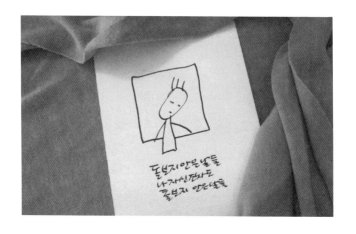

돌보지 않은 날들

나 자신조차도

돌보지 않은 날들

1장

나, 삶

돌보지 않은 날들,
나 자신조차도 돌보지 않은 날들

어느 아침

그녀, 사는 법을 잊어 버렸다. 햇살 좋은 어느 날, 그동안 잘 살아왔다고 생각했던 일상이 그녀에게 아무런 의미도 없는 것이 되어버렸다.

한 순간이었다.

딱히 무슨 일이 있었던 것도 아닌 일상이 반복되던 어느 날이었다. 나만 빼고 모두가 행복해 보였다.

특별한 일 없는 늘 같은 어느 날이었다. 그녀가 갑자기 세상에서 가장 불행한 사람으로 자신을 단정한 것은⋯ 병원에 누워있는 환자가 안쓰럽기 보다 부러워 보인 것은⋯. 아이를 두고 자살을 했다는 이름 모를 엄마의 심정이 이해가 갔다.

'지금처럼 이런 기분이었겠지.'

쌀쌀해진 날씨 탓에 긴 옷을 꺼내 입었다. 일 년 사이 작아진 옷을 껴입으려다 포기하고 추리닝 차림으로 현관문을 나섰다. 옆집 엄마가 후줄근한 나를 위아래로 훑어보며 밝게 인사를 건넨다. 긴 생머리에 선글라스를 머리 위로 올렸다. 엄마 같지 않은 화려함에 괜히 주눅이 들었다. 핫팬츠를 입고 새로 구매한 벤츠에 발랄하게 올라타는 그녀를 머릿속에서 1초라도 빨리 지워내고 싶었다. '지난 10년간 난 뭐하고 살았나.'하는 한심한 생각에 빠져있을 때 친구 녀석이 "학원을 하나 더 인수할까"라며 즐거운 톡을 보낸다. 짜증이 났다. 돌아오는 전세 만기에 주인 눈치를 보느라 조마조마한데 친구 엄마가 아이 공부방 문제로 새 집을 샀다는 이야기를 한다.

그들에게는 모든 것이 쉬워 보였다. 마감이 코앞이라 고객에게 전화를 하니 배우자 핑계로 계약을 미룬다. 나도 모르게 화가 나서 엄한 고객에게 성질을 부리고 말았다. 태권도 도장에 갔다가 돌아온 아들이 설명서와 함께 레고를 펼쳐놓았다. 물어볼까 무섭다. 아니나 다를까…. "엄마는 이것도 못해?"라며 나를 무시하기 시작한다.

난 아이를 내게 온 손님이라고 생각했었다. 저 아이는 하나의 나와 다른 인격체, 이미 본인 자신의 길을 가지고 태어났다고…. 난 그냥 옆에서 잘 이끌어주기만 하면 된다고 생각했는데, 그게 아닌 걸까? 점점 예의 없어지는 아이들의 태도에 지친다.

저녁을 차리고 대강 때우듯이 아이들을 먹였다. 애들에게는 미안했지만 설거지할 기운이 없었다. 잠시 쉬려고 머리를 머리를 기대다 잠이 들어버렸다. 늦게 퇴근한 남편이 인상을 쓰며 들어온다. "집안 꼴이 이게 뭐니? 엄마는 또 자니?"라는 남편의 목소리에, 나는 수업시간에 깜빡 졸다 혼나는 학생처럼 벌떡 일어나서는 남편 눈치를 본다. 흐트러진 머리에, 앞이 늘어진 티셔츠를 입고 있는 아내를 보자 하루 종일 일에 치여, 집에서 쉬고 싶은 가장은 짜증이 치밀어 오른다.

나만 이런 것일까? 언제부터 잘못된 것일까? 다른 엄마들에겐 쉬운 일이 내게만 어려워 보인다. 난 지금 어디에 있는 것일까? 난 지금 잘 살고 있는 걸까? 갑자기 사는 게 무서워졌다.

* * *

거기 누구든 나 좀 도와줄래요? 사는 법 좀 가르쳐주세요.

지쳐 보이는구나.
저 많은 의자 중에 마음에 드는 의자에 앉아

잠시 쉬었다 가렴.

이 의자 잠시 앉아 봐도 될까요? 약간 삐딱한 모습을 보니 나랑 닮은 것 같아요. 차갑지 않아서 좋아요. 녀석들 출산 후에 틀어진 내 골반처럼 언제부터인지 난 저런 삐딱한 자세가 더 편해지고 있었네요. 앉아보니 좋아요. 불편하지만 편안해지네요. 자궁, 그런 느낌인데, 비슷하나요?

그 의자의 이름은 '어머니'다.

의자 이야기 해줄까? 내가 의자를 만들게 된 이유는 말이야.

사람이, 동물이었잖아. 처음 사람다워질 때 일어난 동작이 무언가하면, 두 발로 일어선 거야. 그때까지는 다리 아픈 것을 몰랐어. 다리 아프면 엎드리면 되니까…. 그런데 다리가 두 개가 되니까 허리가 아프고 다리가 아픈 거야. 그래서 걸터앉았던 게 의자야. 그러니까 사람이 사람답기 위해 필요했던 도구 중에 가장 먼저 필요했던 것이 의자라고 나는 생각했어.

내가 제일 좋아하는 의자의 품은 어머님 무르팍이야. 어머님께 안겨서 젖을 먹었고, 엄마 무릎을 베고 누워서 동화책을 읽어주시는걸 들었고…. 나이 들어서는 이리와라~ 귀 후비자! 하시며 귀를 후벼주셨고, 그런데, 그게 굉장히 편하고 부

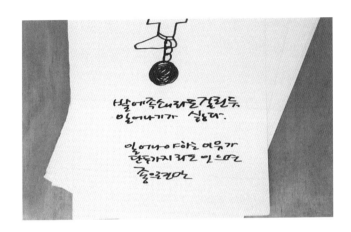

발에 족쇄라도 걸린듯

일어나기가 싫다.

일어나야 하는 이유가

단 두 가지라도 있으면

좋으련만

드럽고 언제나 좋은 것이더라고…·.

　그래서 의자를 만들기 시작했어. 저 의자의 동글동글한 것,
그 곡선이 어머니 곡선이야.

　저도 그랬어요. 아빠, 언니, 오빠에게만 신경 쓰시느라 늘
바쁜 엄마였지만… 내 귀를 파줄 때는, 온전히 엄마가 나만
봐줘서 좋았어요. 문득, 엄마가 보고 싶네요. 이제야. 조금 숨
이 쉬어지는 것 같아요. 떨리던 손이, 가슴을 세게 후려치지
않아도 괜찮아졌어요.

　　종이가 자꾸만 휘어지고 끝이 말릴 때
　　제일 좋은 방법이 뭔지 아니?
　　전부 구겨서 미리 잔주름을 가득히 만드는 거란다.
　　인생도 그런 거 아니겠니.
　　닥쳐드는 많은 고통은
　　벗어나는 과정이 되는 법이다. 잊으려 말고 이겨나가자.

　그동안 제 삶은 온실이었나 봐요. 전 넷째지만 부족함 없
이 성장했어요. 내가 필요로 하기 전에 무언가가 다 이미 되
어있었거든요. 그래서 늘 그럴 줄 알았어요. 결혼해서 아내라
는 위치도, 엄마라는 자리도…·. 지금껏 늘 그랬듯 별 문제없

이 잘 해낼 줄 알았어요.

'미리 잔주름을 만든다.'

좀 더 어렸을 때 만들 것을…. 기왕이면 혼자일 때 겪을 것을…. 엄마가 되고 나서 겪으려니 힘이 들어요. 다 내려놓고만 싶어요.

너 그거 아니? 너만 그런 게 아니야. 70살이 넘은 나도 그렇다. 언제 오느냐가 문제가 아니라, 그런 나 또한 나임을 받아들임, 그것이 중요하단다. 너는 다른 애들보다 그 시기가 좀 빨리 좀 세게 온듯하구나.

누구나 겪는 어려움. 어찌 살아야 하는 걸까? 그래서 아니 될 것과 그래야 할 것의 차이는 어디에 있는 것인가? 한참을 아들답게 살아야했고 또 한참을 남편답게 살아야했고 또 한참을 아비답게 살고 싶었고 그리고 이젠 나답게 살아야 한다.

그러면 나답다는 건 뭔가? 그런 게 있기는 한 것인가? 한심하게도 아무것도 없다. 도대체 인생을 얼마나 허비하면서 살아온 걸까? 네게도 이리 돌아볼 시간이 필요한 시기인 것 같구나. 너는 늦었구나 하며 후회할 일이 나보다 적길 바란다.

감기에 걸려 열이 나고 기침이 나는 것은 말이야. 네 몸이 네게 보내는 신호야. 네 마음이 네게 답답하다고 잠시 서서 지나온 길을 좀 바라보라고 하는 이야기야.

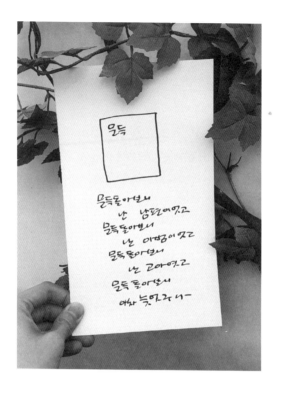

문득 돌아보니 난 남편이었고

문득 돌아보니 난 아범이었고

문득 돌아보니 난 고아였고

문득 돌아보니 아차 늦었구나

너보다 잘난 놈들이 부럽지? 결국에는 다 같아. 다 같이 비를 맞는다고. 다 아닌 척 괜찮은 척 하는 거야. 단지 저들은 미리 우산을 준비하고 미리 대비라는 걸 하지만.

바보인 우리는 좀, 늦지…. 하지만 그게 꼭 나쁜 것은 아니란다.

바보같이 착해만 보이는 너, 나랑 좀 닮았다. 세상살이가 쉽지는 않겠어. 내가 살아온 이야기를 해줄게. 넌 나보다는 조금 덜 힘들었으면 좋겠구나.

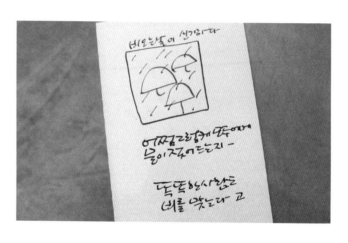

비오는 날이 신기하다

어쩜 그렇게 모두에게

물이 젖어드는지

똑똑한 사람도

비를 맞는다고

죽지 않으려고
먹지는 말자

언제부터인지 우리 집 식탁에서 아예 제 자리가 없어졌어요. 애들 먹다 남은 밥과 식은 국에 후루룩 말아 먹곤 했던 것이 벌써 몇 년째인지…. 결혼 전에는 누구보다 먹는 즐거움이 컸던 아가씨였어요. 맛집을 찾아 몇 시간을 걸려 찾아가곤 했던 저였는데…. 예전 앨범을 뒤질 때면 낡은 사진 속의 제가 어색합니다. 달라서요. 몸도 마음도 많이 달라서요. 그래서 잘 꺼내보지 않으려 합니다. 온전했던 기억조차 사라질까 조금 두렵기도 합니다.

　그런데 오늘 선생님 댁 부엌에서 저 글을 보고 누구도 제게 지금의 삶을 강요한 적이 없었다는 생각을 하게 되었습니다. 밥 한 공기 예쁘게 떠서, 편안하게 먹지 말라고 한 사람은

죽지 않으려고
먹지는 말자

없었어요. 애들과 남편이 남긴 잔반을 음식물쓰레기통인 것마냥 내 안에 밀어 넣으라고 한 사람도 없었지요. 망고 살을 발라 애들 입속에 넣어주면서 씨앗만 빨고 있는 저도 실상저 자신에 대한 미안함을 느끼지 못했으니까요. 제가 저에게무뎌진 것이겠죠.

"누가 그러랬어?"

바보. 글을 쓰는 지금 통증을 느낍니다. 내 몫이 빠진 음식점 계산서를 챙기면서 이달치 가계부가 머릿속에서 획획 넘어갑니다. '괜찮아…' 말버릇이 돼버린 이 한마디가 오늘은왜 이리 서럽지요. 누가 그러란 적도 없었는데, 그저 행복해지고 싶었을 뿐인데요. 애들이 남긴 잔반 한 숟갈을 습관적으로 떴다가 화가 나서 버렸습니다. 엄마, 아내인 나도 한 사람몫을 하는 사람이니까요. 각자의 몫이 있고, 각자의 밥그릇이있습니다. 지금처럼 애매하게 섞고 섞이다보면 내 인생이 사라질 것만 같았어요.

월급날 통장 잔고가 다 빠지기 전에 현금을 찾았습니다.

"아들 딸, 오늘은 니들도 니들 것을 시켜! 그리고 이건 엄마 꺼야! 건드리지 마!"

평소에는 애들 때문에 못 먹었던 얼큰한 찌개에 밥 한 그릇 먹었습니다. 고봉밥 한 그릇을 싹싹 비워냈습니다. 계산서에는 정확히 3인분이 찍혔습니다. 이리도 쉬운 것을요.

잘했다.

잘 차려 먹어라. 야채의 고운 색도 살피고

그릇도 좋은 것으로 꺼내 먹으며, 네 자신을 네가 높이렴.

그래야 남들도 너를 그리 여긴다.

심지어 가족까지도 말이야….

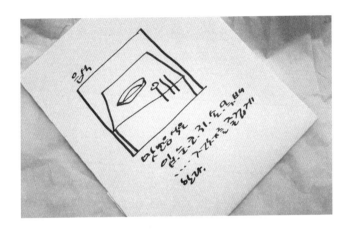

맛난 음식은

입, 눈, 코, 귀, 손, 목, 배

전체를 즐겁게 한다

몸이 아파
마음이 살 때가 있다

오랜만에 공항에 갔어요. 부모님이 러시아 여행을 가시는데, 작년이랑 다르게 걱정이 됩니다. 수속을 기다리는데 이날따라 줄이 너무 길어서 고령자 대상의 편의 서비스가 없을까 해서 문의를 했습니다. 다행히 '한 가족 서비스'라는 게 있어서 티켓팅을 편하게 했어요.

어린이, 휠체어 이용 승객, 임산부와 같이 있는

보호자 없이 여행하는 만70세 이상의 승객.

'보호자 없이 여행하는 만 70세 이상의 승객'이 이 서비스를 이용할 수 있다고 함은, 만 70세가 넘으면 여행할 때 꼭 보호자가 필요하다는 말이겠지요? 빨리 티켓팅을 끝내서 기분은 좋았는데, 또 한편으로는 기분이 좀 이상했어요. 공식적으로 이제 부모님은 손길이 필요한 시기가 맞다는 생각이 들면서, 동시에 아직도 헤매고 있는 제 모습에 정신이 번쩍 들었습니다.

이제 알았니? 칠십이 넘은 우리는 말이야,
이제 남은 시간이 그리 길지 않아.
그리고 예전이랑 하루하루가 다르단다.
너희들이 아이들에게 하는 것만큼이나
신경 써야 할 숫자의 나이야.

어릴 적 아빠에게 운전사가 있는 캐딜락을 선물해드린다고 약속하곤 했어요. 장난스럽게 물어왔지만 제 대답은 진지했어요. 어른이 되면 다 되는 줄 알았어요. 그때는. 그런데 전 아직도 이렇게 방황하고 있어요. 아직도 아빠한테 틈틈이 받는 용돈이 좋고, 엄마가 사주시는 밥이 맛있게 잘 넘어가요. 애들 학원비가 빡빡한 달엔 엄마에게 졸라보고. 끊임없이 나오는 보물창고처럼, 아직도 전 두 분의 지갑을 호시탐탐 노리고만 있네요.

문득 '자식이 원수'라는 생각이 드네요. 전 절대 그렇게 못

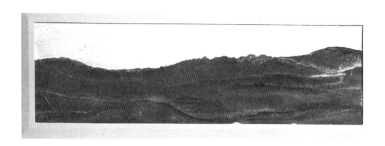

살만큼 살았으니 사는걸 좀 살만도 하고 오그만
살아도 다대지 가슴지를 만가 철심을 넘어서
몇달더 살아볼들 뭐 그레 마를건가 좀더 낫거볼들
서러거 배볼들. 그러 하나의 끝은 다른 또 하나의
시작 이려니라. 지금이 바로그때가 아니겠나.

해요. 오늘도 아들에게 말했어요. 스무 살까지라고, 스무 살이 지나면 네가 알아서 살아야 한다고 아홉 살짜리한테 이야기하고 말았네요. 저희도 사는 게 만만치가 않아요. 중간에 껴서 이도 저도 아닌 샌드위치처럼, 정신없거든요.

오랜만에 삼대가 외식하러 나갔었어요. 넉넉하지 않은 회를 앞에 두고 저는 아들을, 엄마는 저를 챙기느라 제대로 먹지도 못했지요. 내리사랑은 어쩔 수 없나 봐요. 이날 접시 주변의 밑반찬에만 젓가락을 옮기는 엄마의 모습에 미안함과 같은 여자로써의 쓸쓸함을 동시에 느꼈습니다. 화가 나더군요.

"아들, 앞으로 맛있는 거 먹을 시간이 가장 많으니까, 네가 제일 조금 먹어라. 할머니 할아버지가 이런 좋은 것을 드실 시간이 가장 적으니까 1순위, 그다음 엄마아빠, 그리고 너희들이 먹는 걸로 하자. 객관적 데이터가 그러하구나!"

아이들은 물론이고 부모님도 어리둥절해 하셨지요. 이런 상황이 익숙하지가 않았으니까요. 모두가. 그래서 이제부터라도 조금씩 노력해보려 합니다. 삶은 소중하고 우리의 시간은 언젠가 멈추게 되니까요. 엄마든 아빠든 남편이든 아들이든….

익숙하지 않은 이런 일에 조금씩 익숙해지려고 합니다.

작은 일부터 시작하렴.

쉽진 않겠지만, 부모님이 했던 이야기를 묻고 또 물어도
웃으면서 계속 다정하게 대답해드려.
네 딸이 처음 네게 그리 많은 이야기를 하고
또 해도 웃어줬던 이상으로….
네가 내 이야기에 귀를 기울이는 것처럼
너의 어머님 이야기에 집중하고 들어드리렴.
진심 담긴 따뜻한 안부전화 한 통이
네가 그토록 사드리고 싶어 하는 값비싼 차보다
더 큰 의미란다.

작년 가을에 일흔이 넘은 부모님을 앞세워, 마흔을 앞둔 딸이 아프다며 병원에 같이 다닌 적이 있습니다. "우리 딸 어떻게 해야 하나요?"라고 말씀하시는 부모님을 보는데, 나이 먹고도 부모님의 짐이 되는 것 같아 염치가 없었어요. 하지만 오랜만에 받아보는 따뜻한 관심에 아이처럼 응석을 부리고 싶기도 했습니다. 엄마에게 아프다고 말할 수 있어서 행복했습니다. 진료를 받고 나오는데 엄마가 손을 꽉 잡아줍니다.

'괜찮다, 아가.'

엄마의 마음이 손끝을 타고 올라 심장에 따뜻하게 전달됩니다. 눈물이 났습니다.

'차라리 몸이 아프니까 마음이 살 것 같아. 엄마 고마워…'

오늘 전 두 분을 모시고 조금 먼 피부과에 다녀왔어요. 이제야 그림이 좀 괜찮아 보여요. 좋은 의사를 찾아 해결하지 못하시는 부분을 해결해드리니, 의사분도 다정한 저희를 신기하게 보시면서 부러워하시네요. 대기 환자가 열 명, 스물 명을 넘어가도 아버지와 이야기를 나누며 꼼꼼히 봐주시는 진료 덕분에 부모님도 저도 미소가 싱긋 지어졌습니다. 날마다 이런 좋은날이었으면 좋겠습니다.

가족과 함께 할수 있는 시간이 생각보다 길지가 않더라.
너는 그 귀한 시간을 마음껏 누리길 바란다.
서러운 날, 기쁜 날엔 보이지 않았던 것들이 보인다.
지나보니 소중한 것들이 많더라.
그땐 아무것도 아니었는데…
오히려 귀찮고 짜증스럽기까지 했던 그것들이
지금은 가슴이 아프도록 그리울 때가 있어.
보이지 않았던 그것들이 생각이 난다.
오늘은 술 생각이 나는구나.

가끔은
너를 보고도 살아

한 사흘 전부터 시동을 거는데, 예전처럼 쉬이 걸리지 않고 덜덜거리는 것이 좀 이상하다 했어요. 정신없는 금요일 아침, 벌써 5분이나 늦었는데, 시동이 안 걸려요. 아이들은 겁이 나는지 그냥 걸어가자고 하는데 쇳소리 나는 시동소리가 끊길 때 즈음 덜컹덜컹 거리다 겨우 걸리더라고요.

'다행이다. 일단 가자!'

불안해하는 아이들을 태우고 가까스로 시간에 맞춰 등교시켰지요. 일단 집까지 잘 돌아오긴 했는데 시동을 끄면 또 안 걸릴 것 같았어요.

'하필이면 제일 바쁜 날. 재수가 없어도 꼭 오늘같이 바쁜 날 이런다니까.'

먼 산 머리가 뿌우옇 무렵

버릇처럼 자리에서 일어난다

누워서 햇살보기가 두렵고

누군가는 이미 일하러 가고

있을 테고

또 누군가는 뭔가를 준비하고

있으리라

속으로 투덜거리는 내가 룸미러에 비춰보였습니다. 거울 안의 나와 눈을 마주쳤지요. 투덜거리던 입술을 멈추고 투명한 유리 속 여자가 저를 쳐다봅니다. 슬픈 눈이었어요. 슬퍼보였습니다.

'내가 말했잖아. 나 아프다고… 너 아프다고… 그만 달리고 몸 좀 돌보라고! 네 마음도 좀 바라보라고….'

멍한 상태로 얼마나 앉아있었을까요. 거울 속의 제가 울고 있더군요.

'그래 오늘은 차도 고치고 나도 좀 고치자'

그래서 모든 일정을 취소하고 카센터로 달려갔어요. 역시나 배터리는 바닥, 엔진오일은 체크가 불가능할 정도로 말라붙은 상태였어요. 에어컨 필터는 시커먼 속을 드러내고 있었고, 보닛을 열고 마른 수건으로 엔진을 쓱 문지르자 모래사막에 길을 낸 것처럼 먼지가 묻어났습니다. 수리하는 걸 지켜보는데 제 속을 드러내는 것처럼 개운하더군요. 제 몸과 마음도 누군가의 손을 타고 치료받고 싶다는 생각을 하게 됩니다. 저도 여기저기 고장이 많아서요.

잘했다.

내가 네게 아무리 너의 몸과 마음이 하는 이야기를 좀 듣고 살라고 한들 네가 그리 살겠니? 결국은 네가 스스로 느껴야

하는 거야. 그래야 조금씩 나아지는 거야.

언젠가 아침이었어요. 무언가가 나를 강하게 눌렀어요. 숨을 쉴 수 없을 만큼 괴로웠지요. 벗어나고 싶은데 움직여지지 않아서 소리쳐도 목소리가 나오지 않아서 무서웠어요. 마음이 아팠어요.

갑자기 사는 게 무서워졌어요. 지금 생각하니 몸과 마음이 보낸 신호였던 것 같아요. 좀 쉬어야 할 것 같다고, 그만 달리라고…, 그러다 한순간 파도에 휩쓸려 갈 수 있다고….

미련하게 참지 마라.
너를 아끼고 사랑해라.
너무 달달 볶으며 살지 마라.
너 자신을 아끼며 자주 살피길 바란다.
다른 사람보다는 너,
너랑 이야기를 많이 나눠보렴.
널 바라보는 다른 이들은 생각보다
네게 별로 관심이 없단다.

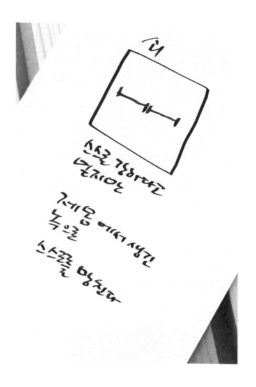

스스로 강하다고 믿지만

제 몸에서 생긴 녹으로

스스로를 망친다

돌아갈 수 없으면
서둘러 떠나라

제가 포기한 천만 원이 28배의 수익률을 냈다는 이야기를 들었어요. 아침 출근길이 영 씁쓸합니다. 1308호, 4년 전 월세를 내며 살았을 때 좋은 주인을 만났어요. 계약이 끝나갈 때쯤, 집을 팔아야하는데 기왕이면 착한 애기 엄마가 사라고 하시면서, 몇 번을 말씀하셨지요.

당시 저희에게는 감당이 안 되는 숫자였지만 솔직히 욕심은 났습니다. 매매 이야기를 시작하다, 천만 원, 딱 천만 원만 더 깎아주시면 남편에게 이야기하겠다고 했는데, 더 이상은 힘들다는 주인의 말에 깨끗하게 포기했던 기억이 납니다. 처음 신혼집을 구할 때부터 첫 단추를 잘못 채웠어요. 행복하게 살 집을 골랐어야했는데, 투자 목적으로 집을 산 게 잘못이었지요. 그 탓에 지금까지 집 없이 대출금 이자만 내고 살고 있습니다. 칭찬을 못 받는 아이가 그딴 것 필요 없다고 소리치는 것처럼, 요즘 누가 집을 사냐고 되레 큰소리를 치고 다녔어요. 남들 잘 되는 걸 보면 배가 아픕니다. 가지지 못해서가 아니라, 가질 수 없을 것 같아 눈물이 납니다. 예전에 고민하던 집이 4년 사이에 3억이나 올랐다고 하니 마음이 심란했습니다. 그날 아침 마트에서 오천 원 할인받았다고 남편에게 톡을 했습니다. 운수 좋은 날이라고요. 그런데 집값 얘기를 들은 후로 출근길이 너무 무겁습니다.

제 마음 이해하시나요? 차에 오르니 비가 내립니다. 와이퍼를 켰더니 드르륵하며 유리 긁는 소리가 들립니다. 그 소리에 마음이 긁히는 것 같았습니다. 투두둑 앞 유리에 떨어지는 빗방울이 얼굴을 타고 흐릅니다. 눈물이 납니다. 오천 원에 기뻐하고, 이제는 과거가 되어버린 현실에 이토록 흔들려야하는 게 제 인생이라 생각하니 뼈 속까지 통증이 번져옵니다.

갈피를 못 잡던 그날 아침, 제 자리에 놓인 선생님의 손 글씨 편지가 눈에 띄었습니다.

선생님이 남겨주신 한 구절에 순간 구원받는 기분마저 들었습니다.

'돌아갈 수 없다면 서둘러 떠나라.'

추억

돌아갈 수 없다면

서둘러 떠나라

당시 다른 선택을 했더라도 인생은 그에 상응하는 어려움을 주었겠지요. 때가 되면 찾아오는 감기처럼 대비해도 피해 갈 수 없는 아픔이 우리 삶의 일부니까요.

지나는 길에 통장정리를 했습니다. 이달도 제 사정은 솜털처럼 가볍네요. 그래도 어찌어찌 지금껏 사는 걸 보면, 인생은 버티기가 아닌가 싶어요. 조급해하지 않고 오히려 약간의 거리를 두고 걷는 지금의 제 삶에 여유가 생긴 것 같아요. 이것도 괜찮네요. 너무 넘치지도 부족하지도 않게 살고 싶어요. 살다보니 보통의 존재로 살아간다는 게 쉽지 않은 일이란 것을 절실히 느끼지만요. 그래도 순리대로 살아보렵니다. 전 엄마니까요. 돌아갈 수 없으니 서둘러 떠나겠습니다. 내일로요.

지나간 것은 이미 너의 것이 아니다.
털어버리고 다른 길을 가렴.
문득 만년필로 편지가 쓰고 싶어지더라.
시기가 잘 맞게 도착했나보다. 다행이다.

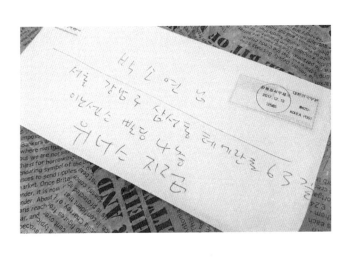

몽당연필

며칠 전부터 왼손 가운데 손가락 옆에 거스러미가 나왔는데,
무시했어요. 그게 어디에 쓸렸는지 왼쪽 가운데 손가락이 하
루 종일 욱신거려서 무언가를 할 수가 없네요. 아주 사소한
것으로 인해 하루가 엉망이 되어버렸네요. 놀자는 아이를 무
시한 채, 온 신경이 그쪽에 집중되어 소중한 주말을 버렸어
요. 아프다고 징징거리는 제게 남편이 진통제를 건넸어요. 정
힘이 들 때는 먹어야 한다면서….

효능, 효과: 발열 및 통증, 주의사항: 소염진통제에 의한 치료는 원인
요법이 아닌 대증요법(증상별로 치료하는 방법)입니다. 통증이나 발열 증
상이 지속되거나 악화될 경우, 의사 약사와 상의합니다.

약 덕분에 전 다시 움직이고 아이들의 저녁에서야 그날의 첫밥을 차려줄 수 있었어요. 문득 선생님의 글과 그림도 제게 진통제 같다는 생각을 합니다. 큰 진통을 덤덤하게 만들어, 또 살아가는 힘을 주는 것. 살아가다보니 아플 수 있는 것이었어요. 엄마도 된 것도 처음이고, 누군가의 배우자도 처음이고, 내 마음대로 되지 않는 것도 처음일 때 그 속상함에 아파봐야 하는 것을 이젠 알 것 같아요. 그래야 성장하는 것을 아는데….

그래도 너무 숨이 턱에 찰 때 그땐 정말 누군가나 무언가가 필요해요. 그것을 좀 덤덤하게 만들어 힘을 줄 것이 필요한 우리예요. 술이나 담배, 의미 없는 수다 그런 것이 아니라 마음을 돌아보며 그 아픔을 좀 줄일 수 있는 그런.

몸이 아플 때 약이 필요한 것처럼, 마음이 아플 때 누군가의 격려와 지지가 큰 힘이 된다는 것을 선생님의 글을 통해 배웠습니다. 질 좋은 연필만이 몽당연필이 된다하셨던 말씀이 큰 울림이 되었습니다. 오래오래 글을 쓰고 싶습니다. 저의 마음이 누군가에게 도움이 되는 약이 되었으면 합니다.

그래, 누군가에게 힘이 될 수 있다면 해볼 만한 작업이지.
건강해라. 아프지 않을 때 너의 능력을 펼칠 수 있다는 것을 항상 명심하거라.

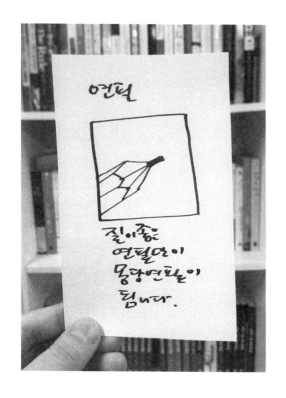

질이 좋은 연필만이

몽당연필이 됩니다

마음도 돈이 없으면
증명하기 힘들다

먼지 속에 묵혀두었던 만년필이 호강하네요. 선생님 글에는 색깔이 있어요. 읽는 사람의 마음에 색깔이 입혀져요. 보내주신 신년카드를 보며 아빠가 참 많이 웃으셨어요. 사랑하는 사람과 행복하려면 이제는 돈도 필요하단 생각을 하게 됩니다. 마음을 표현하는데 물질도 필요한 것이니까요.

결혼 전까지 돈은 그냥 곁에 있는 것이라고 생각했었어요. 하지만 막상 살아보니 잔고가 비어가는 것만큼 신경이 예민해지는 일이 없더라고요. 겪고 나니 무서워졌어요.

날이 추워지면서 아이들 옷은 어떻게 해야 할지 몰라 안절부절못했던 때가 생각나네요. 한해만 더 입자. 좀 작아도 올해만 참자며 아이를 달래고 초조해 하는 저를 달랬던 때가 바로 작년이에요. 그때보다는 편해졌지만 언제 터질지 모르는 지뢰밭을 걷는 심정으로 하루하루를 살아갈 때가 있었지요. 당분간 넉넉하긴 힘들 거예요. 이젠 노력한 만큼은 벌고 싶어요. 내년 겨울에는 넉넉하게 아이들 옷도 좀 사 입혀야지요.

돈은 살아가는 데 꼭 필요해. 특히나 부모는 더욱 그렇다.
하지만 남과 비교하지는 말거라.
네 자신의 그릇에 맞추는 거야.
너희만의 그릇을 만들고
그것을 채우려 노력하면 되는 거야.
그 양과 속도는 남과 비교하지 말거라.

잘나도 돈이 없으면

잘난 걸 증명하기가 힘들다

내용 없는 포장처럼

깨끗하게 가고 싶다

가끔 꽃을 선물하면 뒷걸음질 치는 의사를 만나요. 그들의 삶이 얼마나 빡빡했으면….

코스모스가 도처에 깔려도, 보지 않고 앞만 보는 사람들…. 누군가는 그 코스모스를 꺾어 부케를 만들어 선물하며 싱긋 웃을 때, 또 어떤 이는 선물 받은 꽃이 부담스러워 물러선다는 것이 참 이상해요. 그 사람의 인생이 보여요. 참 안됐어요. 너무 빡빡하게 그리 살지 않았으면. 어차피 누구나 왔다 가는 인생, 마법 같은 가을의 단풍도 보고 삶을 느껴보면 좋겠네요. 가끔 죽음이라는 것도 생각하면서요.

양귀비라는 꽃은 말이야.

바보는

지는 꽃도 좋아

꽃에도 귀족이 있다

곱게 지는 꽃이다

내내 고개 숙이고 있다가 필 때만 고개를 들어.

그리고 깨끗하게 떨어져서 간단다.

나도…. 그렇게 가고 싶다. 깨끗하게 말이야.

저도 양귀비처럼 그렇게 가면 좋겠네요. 화려한 목련은 가고난 자리가 너무 별로잖아요.

미리 준비해두면 양귀비 같은 마무리가 될 것 같아요. 갑자기 죽음이라는 것을 맞이하면, 너무 슬프고 힘들 것 같아요. 곧 있으면 언니 기일이네요. 시집도 안간 저희 언니가 너무 서둘러 간지 벌써 3년이네요. 자식을 먼저 보낸 부모는 잊을 수가 없다고 하더라고요. 그냥 쌓이는 먼지처럼 흐릿해질 뿐…. 죽음, 언니를 통해 죽음을 배웠고, 장례지도사 자격증을 땄어요. 전 별로 죽음이 무섭지 않아요. 저처럼 사람들이 죽음에 대해 조금 더 편안하게 대했으면 좋겠어요. 그건 하루를 더 열심히 사는 힘이 되더라고요.

장미꽃이 시들면

젤 겉의 잎을 좀 따낸다.

하기사 나머지도 2-3일 후엔 버려진다.

허나 그 이삼일이 인생 전체와

다를 게 없다.

그립다 생각하니

더욱 그립다

이별

언니는 바다를 좋아했어요. 결국 제주도의 한적한 바다 끝에 카페를 차리게 되었지요. 카페를 다녀간 손님마다 언니를 칭찬하는 글이 많았어요. 손님 중에는 가족같이 대해준 언니의 따뜻함이 기억나서 왔다는 사람도 있었지요. 작년에는 아빠와 함께였지만 그 사이 돌아가셔서 올해는 혼자 왔다는 딸도 있었습니다. 언니의 따뜻한 친절에 고마웠다는 메시지가 한쪽 벽면을 가득 메우고 있습니다. 이렇게 사랑받는 사람인데 그간 사는 게 바쁘다는 핑계로 몇 번 들여다보지도 못했어요.

언니가 운영하는 블로그에는 매일 '5:45PM'에 찍은 바다 사진이 있어요. 바다를 향해 놓인 의자에 앉아 같은 시간 바다의 풍경을 찍어 올려두었지요. 바다를 보며 무슨 생각을 했을까요. 갑작스럽게 세상을 등진 그해 여름, 빛이 사라진 깜깜한 바닷가에서 우린 맥주 캔을 부딪쳤어요. "언니, 요즘 내 삶이 고단해. 언닌 어때?"라고 말하는 동생에게 7년의 삶을 더 살아낸 언니가 말했었죠.

"삶은 원래 고단해. 그냥 사는 거야. 살다보면 잊혀지고, 그냥 덤덤하게 그렇게 살아지는 거…."

그러기엔 너무 슬픈 거 아니냐는 막내를 보며, 언니는 잔잔한 미소를 보낼 뿐입니다. '우리 막내가 이제야 어른이 되려나보다.'라고 생각했던 것 같아요. 아픈 11월이 다가와요. 언니가 급하게 간지 3년이나 흘렀어요. 이젠 정말 언니를 보낼 수 있을까요? 3년 전 10월 29일, 언니 생일을 온 가족이 다 챙겼어요. 한 번도 그런 적이 없었는데…. 지금 생각하니 꼭 언니가 그렇게 갈 것을 알았던 것처럼…. 언니의 생일상에 온 가족이 웃으며 케이크에 불을 붙이고 초를 껐어요. 언니는 그때 소원을 빌었겠죠? 상품권 한 장과 손 편지를 써서 언니 가방에 넣어줬어요. 언니는 내게 고맙다고 미소 지었어요. 행복해보였어요. 그게 마지막이었지요.

사흘 후에 아빠 생신에 맞춰 미역국 끓여드리러 오겠다며 저만 알고 있으라고 했었지만 언니를 다시 만난 곳은 제주 시내의 영안실이었어요. 교통사고였어요. 믿을 수가 없었습니다. 잠자듯 눈을 감은 언니의 이마 위에는 검붉은 멍 자국이 퍼져있었는데, 보고 있어도 도무지 실감이 나지 않아 그저 넋을 놓고 서 있었습니다. 경찰이 언니 가방을 건네주었습니다. 상품권이 그대로 들어있었어요. 내가 준 상품권이 다시 돌아왔어요.

갑작스런 사고로 언니의 삶은 정리되지 않은 그 가방에 고스란히 들어 있었습니다. 심장이 널뛰듯 하면서 폐가 굳어가는 기분이 들었습니다.

숨쉬기가 어려웠어요. 정신을 차려야만 했지요. 부모님을 챙겨야했으니까요. 그래도 그 낯선 곳에서 언니를 찾아오는 지인들의 발길이 끊이질 않는 것을 보니, 그간 언니가 얼마나 잘 살았는지 알겠더군요.

오늘 새벽에 문득, 언니가 좋아한 바다와 하늘이 언니를 사랑해서 데려가 버렸나 하는 생각이 들었어요. 그곳에서는 고단하지 않고 행복하면 좋겠어요.

언니가 떠난 이후, 아빠는 생신날 미역국을 드시질 않아요. 11월에 있는 세 명의 생일은 그냥 보통날이 되었습니다. 3주기가 지나면 괜찮아질까요?

7살 차이가 나던 언니와 저는, 이제 4살 차이로 그 터울이

줄어들었어요. 언니의 시계는 멈췄고, 저의 삶의 시계는 더 바쁘게 갑니다. 이렇게 열심히 살다보면 언니가 가버린 42살의 저를 곧 만나게 될 것 같습니다. 42살이 되면 저도 속도를 늦춰가며 살고 싶어요. 그때부턴 언니의 몫까지 살아내고 싶습니다. 언니가 사랑한 제주 바다를 거닐며 '5:45PM'의 제주 하늘을 이어서 담아내고 싶습니다.

하늘로 띄우는 편지

11월 5일, 네가 좋아하던 H전망대에 네 유골을 안고 그곳으로 인사갔다. 그날도 잔잔한 파도가 시꺼먼 돌들 사이로 계속 부딪치고 있었고 파란색과 초록색 바다가 보였다. 뻥 뚫린 듯한 시원함을 주는 바다- 너는 바다를 무척 좋아했지. 우리의 인연이 여기까지 밖에 안 되나 보다.

장녀이면서도 부모에게 제대로 못해드린다면서 늘 죄송하게 생각했던 너, 겁이 많으면서도 자존심이 아주 센 아이, 전화하면 "네, 아빠."하던 그 목소리, 집에 오면 아무데도 안 나가고 청소하고 큰 이불까지 빨아주던 너, 생활에 쪼들리면서도 귤, 콜라비, 선인장 등을 보내주는 마음, 카페하려고 어머니와 여러 곳을 다니다가 제주도까지 가서 그곳을 근거로 삼으려 했던 너, 제주의 삶은 육지보다 거칠고 모질어서 그곳 사람들이 타지 사람들을 무척이나 배척했는지도 모른다.

너는 그러한 그들까지도 포용하려 했으니 얼마나 어려웠겠니? 그 어려운 가운데서도 많은 사람들을 도와주었다니 대단하구나.

네가 수행하며 한 달을 보내던 월정사, 삼보 일배하며 정진하던 전나무 숲, 월정사의 공기 맛, 초록색을 띤 계곡의 물을 보며 네 생각을 했다. 네가 가고 우리가 가도 세상은 아무 일도 없다는 듯 돌아가고 있을 것이다. 그런데 슬픔, 걱정이 무슨 소용이 있겠느냐? 자연의 이치, 순환의 원리, 인연의 진리를 다시 배우고 되씹으며 슬픔에서 벗어나려 한다.

딸을 잃으면서 죽음이 이렇게 갑작스럽게 내 삶에서 일어날 수도 있다는 것을 절감한다. 그리고 온전히 죽음이라는 사실을 받아들이기까지 얼마나 많은 담금질이 필요한지 모른다. 죽음은 도처에 있다. 젊다고 건강하다고 비켜가지도 않더라.

– 항상 고요하게 비추길, 아빠가

모두 가는 곳을

왜 아니가려 하는가

왜 울면서 보내는가

친구의 아버지

친구의 아버지가 돌아가셨다는 문자를 받았어요. 아직 우리 아버지대가 돌아가실 시기는 아니라며 고개를 가로저어보지만, 어느덧 아버지 나이도 75세. 남은 시간이 그리 길지 않을 것이라는 현실이 가슴을 먹먹하게 합니다.

나는 요즘 일주일에 한 번 이상 죽음소식을 접하는구나.

사실 겁이 나. 요즘처럼 쉬이 어두워지는 밤이 되면 나는 어떻게 될지….

건강하게 가면 다행인데 혹시라도 나의 정신이 먼저 나가면 우리 애들은 나를 언제까지 따듯하게 대해 줄 수 있을지….

친구의 죽음 소식은 친구 부모의 죽음 소식보다 더 겁이 나게 한다. 불교에서 말하는 죽음은 무엇이니?

저도 잘은 모르지만 불교는 윤회의 개념으로 몸이 바뀌는 것일 뿐, 다음 생이 계속 이어진다고 말씀하셨어요.

향은 불에 타고 차는 끓는 물에서 우러나온다.
꽃이 보이지 않아도 그대 마음 밭은 이미 꽃밭이다.
향을 피우면, 향의 몸은 연기로 변하고 연기는 곧 흩어져
향기로 변하여 온 방에 가득해진다.
눈에 보이는 세계에서 눈에 보이지 않은 세계로
변화하였을 뿐 향의 본질은 오히려
수천수만으로 확대된 것이다.
자신의 몸이 없어지는 무상을 받아들여야,
지혜로 가는 새로운 시작을 알 수 있다.

– 금강스님

그러면 늙어서 정신은 나간 채 몸만 있고 병원에 오래 있는 것은, 의미가 있는 것이니?
반대로 정신만 있고 몸은 아무것도 못하는 것은? 그 결정은 누가 할 수 있는 것이니?

그것은 개개인마다 생각이 다르다고 생각합니다. 무엇을 더 중요시 여기는가에 대한 차이 같아요. 분명한 것은 그 결정은 분명 본인이 해야 합니다. 죽음에 임박하면 누구나 그 두려움에 변할 수 있기에, 진작부터 죽음에 대해 이야기를 나누고 본인의 생각을 정리할 시간이 필요하다고 봅니다.

치료보다 더 중요한 것은 치유, 죽음에 대한 준비를 누군가가 해줬으면 좋겠다고 생각해.
누구나 관심 있는 것은 사실이야. 죽음에 대해 사람들이 좀 더 편안하게 이야기할 수 있게 해주면 좋겠어.

＊ ＊ ＊

새벽에 초를 켜고, 향에 불을 나누니 제 마음의 등불도 켜진 느낌입니다. 저의 죽음을 상상해봅니다.
제가 살던 익숙한 나의 집, 방에서 사랑하는 사람들의 품에서 죽음을 맞이하고 싶습니다.
기왕이면 미리 준비한 죽음이었으면 좋겠습니다. 먼 여행을 떠나기 전 이것저것 마무리 짓고, 오래전부터 준비했던 것처럼 저의 죽음은 미리 정리되어있으면 좋겠어요. 죽기위해 병원에 실려 가기는 싫습니다. 이것은 막상 죽음이 코앞에 닥

어제까지 살았던

친구가 오늘 죽었다

내 친구들은 모두 다

오늘 죽는다

살고 죽는 건 결국 하루 차이다

언제 왜 어디서

어떻게인지는 모르겠지만

그것이 내 모습이다

치는 그 두려움에 제 뜻을 바꿀 수 있으므로 공식화해서 남기는 이야기입니다.

저는 연명치료는 하지 않겠습니다. 한 번도 가보지 않은 먼 길을 가야합니다. 최대한 편안하게 충전해서 갈 수 있도록 도와주시기 바랍니다.

제 장례식은 슬프지 않았으면 좋겠습니다. 잘 되어 먼 곳에 혼자 유학 가는 느낌으로 가서 잘 살라는 바람으로 쉬이 보내주세요. 제가 좋아하는 꽃은 예쁘게 제 옆에 함께 넣어주시고, 그 안에 카라가 있었으면 좋겠네요. 먼 길가는 제게 친구가 되어줄 거예요. 막 로스팅한 커피향이 함께라면 더 편안할 것 같습니다. 작은 욕심을 내어봅니다.

어색한 수의보다는 늘 편히 입었던 그 옷 그대로 여행을 보내주시길 바랍니다. 제 수의값으로 남은 가족들 중 가장 후줄근한 옷을 입고 있는 분께 좋은 옷을 한 벌 해 드렸으면 좋겠네요.

입관 중에도 고인이 듣는다는 어르신의 이야기를 들었어요. 가는 길을 헤맬 수 있으니 틈틈이 '티벳사자의 서'를 틀어주세요. 저는 다 듣고 있습니다. 참지 마시고 지금 울고 싶으신 것 하고 싶으신 말씀 다 하시고 훌훌 털어버리시길 바랍니다.

저 또한 당신들을 많이 사랑했습니다.

당신들이 있어서 저는 행복하게 잘 살다 갑니다. 저는 좋은 곳으로 갑니다. 마음 편히 가지셔도 됩니다. 저의 차디찬 몸을 닦아주시고 만져주신 분께 감사드립니다. 귀한 일 하시는 분께 감사를 표현해주시길 바랍니다. 따듯하게 사시길 바랍니다. 제가 지나간 자리에는 미소라는 향기가 남기를 바랍니다.

저 먼저 갑니다.

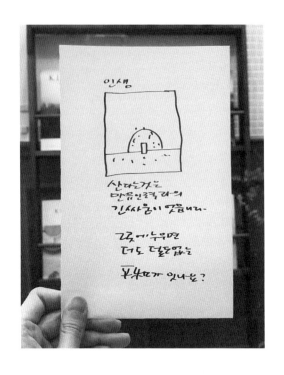

산다는 것은

만유인력과의

긴 싸움이었습니다

그곳에 누우면

더도 덜도 없는

平和가 있나요?

착각

중2 남학생들 진로강의를 앞두고 고민하다 꽃을 준비했어요.
아이들도 당연히 좋아할 것이라 생각했어요. 새벽 꽃시장에
들려 향이 좋은 꽃만 골라 가져갔는데 아무도 관심을 보이지
않아 당황했어요. 선물은 주고 싶은 것을 주는 것이 아니라,
받고 싶어 하는 것을 주는 것일까요.

　착각, 늘 그렇지.
　하지만 말이야. 나와 남은 분명히 다르다는 것을 인정해야
한다.
　심지어 네 배 아파 낳은 운영이도 너랑 다른데, 다른 사람에
게 너의 마음과 감정을 강요하는 것은 욕심이란다.

내가 누굴 사랑하면

그도 나를 사랑한다고

바보는 믿습니다

삶은 생물이다

강의를 망쳤어요. 잘 할 줄 알았는데…. 비디오 촬영까지 하며 전문가들의 조언도 듣고, 시나리오도 몇 번을 고쳤으니 연습한 대로라면 문제없겠다 싶었지요. 막상 단상 위에 올라서니 생각보다 넓은 강당과 그 안을 빼곡히 매운 사람들에게 당황했습니다. 화질이 나빠서 준비한 영상까지 제대로 작동하지 않자 불안이 커지기 시작했지요. 시나리오를 짜면서 예측한 반응들이 빗나가면서 순간 머릿속이 텅 빈 느낌이 들었습니다. 강의 중 밖으로 나가버리는 사람들을 보면서 숨이 턱까지 차올랐어요. 마이크를 통해 떨리는 제 목소리가 들렸고, 그 떨림은 제 몸 전체로 퍼져나갔습니다. 도망가고 싶었어요.

'그냥 내려갈까? 정전 같은 거 안 되나?'

그 지옥 같던 시간에 별생각을 다 했어요. 겨우 말을 끝내고 내려왔을 땐 다리가 다 풀려버렸어요.

그 다음날 선생님을 찾아뵈었을 때, 밥이나 먹자면서 소박하게 잘 차려진 밥상을 내 오셨지요. 아지랑이를 피우며 온 방을 가득 채운 뜨거운 밥 냄새에 우울했던 마음이 풀리는 기분이 들었어요. 고봉밥 위에 척하니 올려주신 더덕이 반창고처럼 쓰라린 속을 위로해 주었습니다. 강의에 대해서는 한마디도 하지 않으셨지만 알 수 있었어요. 한 상 잘 차려먹고 털어버리라는 어르신의 따뜻한 배려를요. 돌아와서 강의안을 찢어버렸어요. '내 식대로가 아니라 청중의 마음대로' 귀를 기울이는 것이 시작이라는 사실을 새삼 깨달았기 때문입니다.

학창시절에 유독 자기 인생의 포트폴리오에 집착하는 친구가 있었어요. 명문대 진학 후에, 검사 남편을 만나서 결혼하는 것이 목표였지요. 삼수를 거듭한 끝에 원하던 학교에 입학했지만 결국 이혼했더라고요. 혼자 아이 둘을 키우며 살고 있다는 친구가 조금 힘들어 보입니다.

어떻게 살아야 하는 걸까요? 아직 잘 모르지만 인생의 포트폴리오는 꿈과는 다른 것 같아요. 탄탄하게 짜도 삶은 살아 있는 생물이니까요. 예측이 안돼요.

70을 살아도 나도 잘 모르겠다. 가보지 않은 길이여서 말이야…. 정해진 대로 산다면 얼마나 재미없겠니?

어젠 갑자기 핸드폰이 눌러지지가 않더라. '왜'라고 묻기보다 그냥 배터리를 뺐다가 켰어. 컴퓨터나 핸드폰이 속 썩일 때 종종 껐다가 다시 켠다. 인생도 그럴 수 있으면 얼마나 좋겠니. 하지만 그렇지 않은 게 인생이더구나.

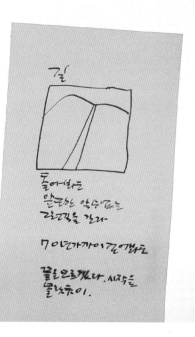

돌아봐도

앞 또한 알 수 없는

그런 길을 간다

70년 가까이 걸어봐도

끝을 모르겠다. 시작을

몰랐듯이

저장증후군

작년 봄날 저희 식구들이 지상파 TV에 출현했어요. 예쁜 내용은 아니었지만, 집 정리만 된다면 무엇이든지 하겠다며 남편이 방송 출연에 동의를 했거든요. 제가 가장 약한 부분, 정리. 하지만 엄마가 되고나니 이젠 좀 달라져야겠다는 생각이 들기 시작했어요. 3년 전, 이집에 처음 이사 왔을 때는 공간이 많이 있었는데, 언제부터 저렇게 쌓이기 시작한 걸까요. 그들은 결국 방송에서 제 이름 뒤에 처음 보는 명칭을 붙였더라고요. 저장 증후군, 좀 어이가 없었지만 이것이 저의 현실인가 하며 쓰리게 받아들였습니다.

　비울 수 있어야 다시 채울 수 있지.

앞으로 나아가기 위해 정리는 꼭 필요하다.

사람들이 가끔 물어요, 요즘의 우리 집 상태를요. 한 번의 정리보다는 근본적인 마인드 셋이 더 중요한 것이었다고 생각한다고 하면 답이 될까요? 요즘 남편과의 관계가 불편해진 원인이 정리라는 것을 누구보다 저는 잘 압니다. 솔직히 말씀 드리면 정리되지 않아도 저는 그렇게 불편하진 않거든요. 그 시간에 다른 일을 하는 것이 더 중요해 보이거든요.

방송을 촬영하는 6개월 동안 제가 거절을 못한다는 사실을 발견했어요. 그리고 이상한 집착처럼 물건에 의미를 두고 있었어요. 설레지 않는 물건은 쉽게 버릴 수 있어야한다는 전문가의 이야기가 제게는 매우 어려운 부분이었어요. 나를 돌아보는 시간을 통해, 이제 저도 집착을 내려놓고 좀 심플하게 살고 싶어졌어요. 어떤 원숭이가 코코넛 속에 손을 넣어 안의 과육을 꼭 잡았다고 해요. 그 맛있는 부분을 꼭 잡은 채, 손을 빼려하니 빠지질 않았대요. 손에 쥐고 있는 그것을 놓아버리면 되는데, 끝까지 내려놓지 못하고 결국 사람에게 잡히고 말았다는 이야기가 현재의 제 모습과 겹칩니다. 그동안 저는 어째서 내려놓지 못했던 걸까요?

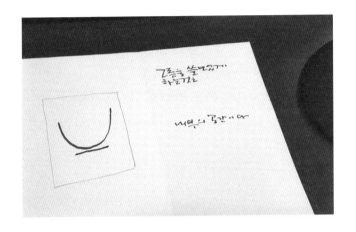

그릇을 쓸모있게

하는 것은

내부의 공간이다

마지막 촬영을 하던 날 강남거리 한복판에 한참을 혼자서 있었어요. 군중 속에서 희석되지 않는 나를 찾자는 것이 엔딩 콘셉트였어요. 처음에는 많이 어색했지만 어느 순간부터 저만을 온전히 생각했던 기억이 납니다.

방송을 통해 제가 다른 이의 호의를 거절하지 못한다는 것과 불안해지면 스스로를 숨 가쁘게 몰아붙였음을 알게 되었습니다. 바쁘게 무언가 할 일을 만들고, 물건을 사들이면서 안심을 했던 것이지요. 이젠 좀 달라지려고요. 그러기 위해 정리는 꼭 필요하다고 생각됩니다. 새해에는 정리된 저희 집에 하루 놀러오세요.

깨달음이란

스스로에 대한

실망이다

또 하나의 자기발견이나

또 하나의 계발이 이루어졌을 때

또 다른 나를 찾았거나

신분상승의 기회를 잡을 때,

문을 통과했다고 한다

왠지 그냥 버리긴 아까운듯 싶어서

빈자리를 채우듯 안달하다가

또 쓰레기만 많이 만든다

버릴 게 뭔지도 모르고 사는 내 모습에서

언제, 어디에 버려야 하는건지

아무 생각말고 지금 그냥 버리려 해도

그 그냥인 사람은 이미 버려진 사람인가 봅니다

2장

여자, 아내

여자의 숨 쉴 틈

결혼은 정답이 아니라
반복되는 물음이다

"고생했다."

결혼 10주년에 가장 많이 들은 말이었어요. "축하해!"보다 잘 어울리는 단어가 맞는 것 같아요. 결혼식 DVD를 오랜만에 꺼내봤어요. 너무 행복해 보이는 남편과 예쁜 신부가 있었고 약간 굳은 표정의 엄마, 아빠, 한창 젊어 보이시는 어머님 아버님, 그리고 반가운 얼굴들이 있네요. 저의 앞날을 저리 고맙게 축하해주었는데 어느덧 연락이 끊긴 친구들도 보입니다. 당시 중학생이던 사촌동생은 멋진 청년이 되었고, 어른들은 나이가 들어 그때와는 다른 모습입니다. 사람들이 변한만큼 저도, 남편도 성장한 거겠죠? 주례를 봐주신 천웅스님은 저희 주례사가 인생 처음이자 마지막이라시면서 잘 살라고 거듭 당부하셨지요.

철없던 신부는 결혼식 내내 아빠의 눈길을 피했습니다. 아빠 손을 놓고 마주선 남자의 손을 잡고 나서야 새 가족을 꾸며야 할 여자의 운명을 실감했어요. 덜컥 겁이 나서 주저앉아 울고만 싶었던 기억이 납니다.

그때는 10주년이 되는 오늘, 가진 것이 더 많을 줄 알았어요. 여전히 사랑받으며 우아한 아침을 맞이할 것이며, 집은 당연히 평수 넓은 새 아파트에 남편 차는 나이에 맞는 중대형 세단일 것이라고…. 지금보다 더 많이 웃고, 넉넉한 하루하루를 지낼 것이라 생각했어요. 결혼 10주년에는 신혼여행으로 갔던 라차섬으로 가족여행을 가자고 약속도 했지요. 막상 10주년이 되었지만 별거 없네요.

사십 년 전에도 그런 사람이 있었다더라.
조금 더 살아 보거라.

생각만큼 이룬 것은 없지만, 그때의 혼자였던 때보다는 지금의 제가 더 좋습니다. 둘보다는 넷이라서 예쁘고, 고급 레스토랑은 아니지만, 소박한 식당에서 고기를 구워주는 아빠와 맛있는 고기를 쌈에 넣어서 아빠 한입, 엄마 한입 넣어주

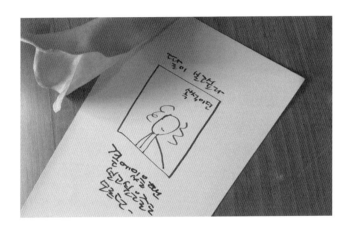

딸이 보고 싶다
속삭이던
곁에 있을 땐
보고싶은 줄도
모르던~

는 보물 같은 아이들이 있어서 행복해요.

　삼십 년 넘게 각자의 삶을 살아온 남녀가 만나 가족이 된다는 게 얼마나 어려운 일인지 살아가는 순간순간 깨닫습니다. 다툼이 없는 게 좋다고 생각했어요. 문제가 없는 게 문제없는 건줄 알았어요. 신혼이 지나고 찾아온 부모라는 낯선 이름과 환경은 또 하나의 시련으로 다가왔습니다. 엄마도 아빠도 처음인 두 사람에게 육아는 부부생활의 공동시험대였습니다. 그간 얼마나 치열하게 다퉜는지 모릅니다. 육아는 산 너머 산입니다. 인생도 산 너머 산입니다. 산다는 게 뭔지 이제야 조금 알 것 같은데, 알면 알수록 두려워집니다.

　과연 결혼 20주년은 어떤 모습일까요? 작은 소망이 있다면 오늘보다는 나은 10년 후가 되기를 바랍니다. 오늘 남편에게 손 편지를 썼어요. 지난 10년간 고생했다고, 앞으로도 잘 살자고 했어요. 서로의 부족함 보다는 좋은 점을 보기 위해 노력해야 한다는 것을 결혼 10년 차 주부가 되어서야 느끼게 됩니다.

부부

하나가 없으면

둘도 없다

사람에겐
사람이 삶의 힘이다

제게는 힘들 때마다 저를 일으켜준 자하누리라는 고마운 곳이 있어요. 20년째 한 길만 가는 분들, 바쁘게 살다 지치면 찾게 되는 공간이에요. 내 안의 생명력을 깨우는 곳, 더불어 마음을 살리고 사람을 사람답게 살게끔 도와주는 곳이지요.

그곳에 가면 그냥 걷습니다. 새벽에도 낮에도 밤에도 머릿속이 복잡할 때면 그냥 걷습니다. 걷고 또 걸으며 가슴을 내리치던 그때가 생각납니다. 하지만 정말 바닥일 때는 걷는 것조차 힘이 듭니다. 몸이 움직여지지 않을 때, 그럴 때마다 부모님의 존재는 절대적이었지요.

한편으론 가장 가깝다는 남편이 한발 물러나 있어서 서운했어요. 한 남자의 아내로서 존중받지 못해 더 힘들었던 것 같아요. 오늘 아침 백팔 배를 하다가 문득 '저 사람도 어쩌면 나처럼 힘들었겠다.'는 생각이 들었어요. 자신은 가장이니까 힘들다는 내색도 못하는데 부모의 챙김을 받는 내가 부러웠을 수도 있었겠다 싶어요. 남자라고 나이가 많다고 해서 어른이 되는 것은 아니니까요. 저도 남편도 여전히 미숙한 어른이었습니다. 이렇게 생각을 정리하고 나니 서운한 감정이 조금 풀립니다. 마음이 풀리니 언 몸이 녹는 것도 같습니다.

누구나 지나야 할 시기 중 유독 힘들 때가 있더라.
그런데 또 지나보면 별거 아니기도 해.
그때 니희들은 성장하거든.
힘들 때 함께 나눌 누군가가 있다는 것은
네가 가진 큰 복이다.

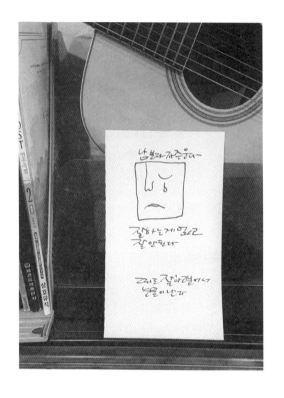

남보다 자주 운다

잘하는 게 없고

잘 안 된다

그래도 잘하고 싶어서

눈물이 난다

숨 쉴 '틈'

저는 밥보다는 차를 사는 쪽이 편해요. 차 한 잔 못한 채 밥만 먹고 헤어지는 사람의 뒷모습을 보는 일은 늘 아쉽지요. 선생님 댁의 따뜻한 차가 좋아요. 차 끓이는 시간, 따르는 정성, 식기를 기다리며 서두르지 않은 여유가 좋습니다. 차는 몸을 채워주는 음식과는 달리 마음을 채워주는 힘이 있어요.

조금 편안해 보이는구나.
네게 시간의 여유가 느껴진다. 나도 좋다.

서툴지만 마음과 대면하는 법을 알 것 같아요. 좋고 나쁜 것, 옳고 그른 것에서 조금은 자유로워지고 싶어요. 사는 데

바보도 coffee를 먹는다

몸에 나쁘단다

한 번에 50잔을

먹으면 죽는단다

밥은 10그릇만 먹어도 죽는데

정답이 있다면 좋겠지만 지금까지 살아오면서 무엇이 정답인지 여전히 모르겠어요. 담배를 피워보고 싶다는 생각을 한 적이 있어요. 몸에는 나쁘겠지만, 연기를 뿜어내는 그 순간만큼은 '틈'이 생기는 거니까요. 숨 쉴 틈이요. 잠시잠깐 하늘을 볼 수 있는 온전한 틈일 테니까요.

그거 아니?
같은 담배라도 피우는 담배와 피어오르는 연기를 맡는 것은 그 맛이 다르단다.
차 한 잔의 여유든 담배 한 개피의 여유든
중요한 건 마음이야.

담배꽁초에서 연기가 난다

피우는 담배와 피어오르는 연기는

그 맛이 다르다

같은 만남이라도 애정이 있는

그런 만남은 빛이 있다

사랑하며 만나자

창이 하나인 이유는
같은 곳을 바라보라는 것

"제발 부탁할게. 오빠가 늘 한심하게 생각하는 정리되어 보이지 않는 내 생활에도 규칙이 있고 생각도 있어. 새벽 내 노트북에서 없어진 투고 파일을 찾고 찾다 눈물이 난다. 내가 얼마나 힘들게 썼고 사랑하는 글인데, 그게 오빠의 짜증스런 클릭에 사라져 버렸다는 게 서러워서 한동안 안 나오던 눈물이 나. 우리, 너무 다르다는 거 알지만 최소한의 배려는 해줘야지. 오빠에게 아무것도 아닌 쓰레기로 보이는 그것이 나를 하루하루 살게 하는 힘이야. 다른 사람들은 다 감동받고 응원해주는데 가장 가까운 위치에 있는 남편은 왜 자꾸 그리 먼 곳에서 한심하게 나를 바라보는 거야?

나더러 어떻게 하라는 거야?"

"우린 가족이잖아. 그러면 아무리 다르더라도 노력을 해야 하는 거야. 아이들도 잠들기 전, 8시부터 졸고 있는 엄마를 어떻게 설명해야 하니? 정리도 안 되는 집에 자꾸 사들이는 꽃은 어떻게 해야 하냐고? 힘들게 키우고 만들어서 보내주신 순천 음식들이 썩어가는 것을 볼 때의 내 기분을 생각해봤니? 새벽부터 운전하고 종일 회사에서 시달리고 집에 들어왔는데 집은 엉망, 엄마이자 아내인 너라는 사람은 잠만 자는 모습을 보는 나는 어떻겠니? 너를 찾는 것은 좋아. 하지만 우린 가족이잖아. 제발 일의 우선순위 좀 잡아봐. 정리 그리고 다이어트. 내가 너한테 돈을 벌어오라고 했니? 저거 두 개만 해보라고…. 그것만 한다면 모든 게 괜찮아질 거라고 몇 년째 같은 말만 하고 있잖아."

오랜만에 눈물이 쏟아진다. 언제부터였을까? 우리가 이렇게 멀어진 것이…. 추석의 긴 연휴가 반가운 것이 아니라 답답함으로 다가와서, 함께하는 긴 시간이 불편해서, 둘 중 누구 하나는 회사를 가게 만드는 이런 편하지 않은 부부사이가 된 것이 도대체 언제부터였을까? 왜 이런 걸까? 어떻게 해야 하나?

다름, 처음에는 그 다름 때문에 저 사람이 좋았다. 나보다

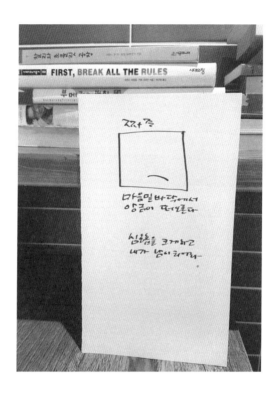

짜증

마음 밑바닥에서 앙금이 떠오른다

심호흡을 크게 하고 내가 남이 되어라

꼼꼼했고, 깔끔했고, 일처리에 빈틈없는 그의 성격 덕에 무언가 엉성한 내게 부족한 빈틈을 채워주는 것 같아 좋았다. 그런데 그 매력은 남일 때나 가능했던 것일까? 유독 따뜻했던 사람이었다. 추운 겨울 저 사람의 긴팔에 안겨 느꼈던 앙고라 코트의 감촉을 좋아했던 나였다. 추억 때문에 버리지 못한 코트를 먼지만 쌓여가는 쓰레기 취급하는 저 사람을 보고 있으니 할 말이 없다. 쳐다보기도 싫다.

남편의 회사 모임에 오랜만에 다녀왔다. 사람들의 칭찬이 끊이질 않는다. 참 좋은 사람이라고, 일을 정말 잘한다며⋯. 나 또한 그러하다. 요즘 어느 모임에 가도 참 따뜻한 사람이라는 얘길 듣는다. 그런데 요즘 정작 따뜻해야 할 서로에게 할 수 있는 가장 차갑고 못된 말과 행동만을 골라하고 있다. 무언가 이상하다. 바쁘다는 핑계로 미루곤 했던 둘만의 대화, 아이들을 한 명씩 안고 자게 된 습관, 엇갈린 시간이 부부관계를 점점 멀어지게 만든 것 같다. 한 사람은 어지럽히고 한 사람은 치우기 바쁘고, 한 사람은 열심히 사들이고 한 사람은 열심히 버리고⋯.

"그때의 너처럼 지금 남편도 힘이 드는 것 같아."

아, 그럴 수도 있겠다. 그렇지만 가장이니까 남자니까 표현하지 못했던 것일까? 이 세상에 단 한 명이라도 내 편이 되어 그 투정을 받아주길 바랬을 수도 있겠다. 소통이 필요한 시기. 어쩌면 저 사람은 지금 나한테 화를 내는 것이 아니라 지금, 본인 삶이 정말 힘들다고 외치는 것일 수도 있겠다. 가진 것 없이 자존심만 센 사람, 그래서 유독 마음이 더 허한 사람이 내 남편이다. 그런 사람을 향해 넉넉히 마음 쓸 수 있도록 일단 나부터 건강해야 할 것 같다. 연애시절 두 사람을 두고 고민에 빠졌을 때, 저 사람의 85점이 좋아서 결정했다. 하지만 살아보니 저 사람에게 없는 15점이 점점 더 커 보인다. 남편의 부족한 15점이 어째 옆집 남편들에게서만 보이는 것일까.

한발 물러서니 답이 보인다. 가장 가깝고도 가장 먼 관계. 부부라는 이름의 두 사람.

"엄마아빠 사이가 좋았는데, 요즘은 싸워요!"라고 이야기하는 아들딸이 엄마아빠의 다정한 사이를 질투할 수 있는 그런 날도 다시 돌아올 수 있을 거라고 믿어본다.

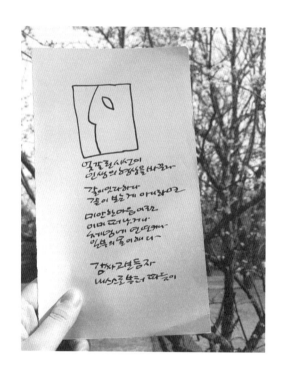

엇갈린 시선이 인생의 형상을 바꾼다

같이 있다 하나 같이 보는 게 아니라면

미안한 마음이란 이미 떠났거나

체념에 연연거나 일부의 몰이해다

감싸고 보듬자

내 스스로부터 따듯이

내가 아는 나랑,
남이 아는 내가 있다

"소연아, 나 부탁이 있다."

벌써 15년 지기 벗, 늘 바른 길만 걸어온 녀석이 지금껏 한 번도 한 적 없는 이야기를 꺼낸다. 최연소 부장, 굵직한 성과로 인정받고 있는 회사의 인재, 초등학생 아들 딸 두 아이의 아빠, 본인만 바라보는 예쁜 아내, 아무 문제없이 행복해보이는 가장의 위치에 서 있는 대한민국의 40대 남자인 내친구다. 자주 연락하진 않아도 잘 지내리라 생각하고, 가끔 서울에 올 때면 편하게 연락해 안부를 묻곤 하던 내 벗. 괜스레 우울한 날 아침에 뜬금없이 연락해서 박 여사가 초코케이크가 필요하다면 이유 따위 묻지 않고, 제일 빠른 속도로 기프티콘을 보내주는 친구. 그 친구가 어제 처음으로 내게 부탁을 하겠다고 한다.

"난, 지금껏 말이다. 야구하는 일요일 두 시간 빼고는 날 위한 시간이 없었어. 늘 가장으로서 최선을 다했다. 내가 이 위치까지 오르려고 얼마나 노력했겠냐? 일일이 말하지 않아도 넌 알지? 만만치 않은 곳인 거…. 근데, 말이야, 문득 돌아보니 좀 그렇다. 나, 내 마음 좀 털어놓을 친구 하나만 소개해주라."

"너도 그렇구나. 나만 그런 게 아니었네. 오히려 가장은 더 그럴 것 같아. 빡빡한 사회라는 곳에서, 살아남으려고 기를 쓰면서도 하나도 힘들지 않은 척 너 혼자 외롭게 버텼겠지. 아파도 피가 나도 모른 척 그렇게 앞만 보고 갔겠지. 이제는 너도 좀 지쳤나보다. 가장, 그 무거운 이름 때문에 말이야. 근데 괜찮을까? 혹시나 또 그 사람이 좋아지면 어떡하니? 그래서 좋은 만큼 몇 배로 더 슬퍼지면 어떻게 해? 너 자신 있어?"

"우리 이제 겨우 40이야. 살아온 날보다 살아갈 날이 많은데, 벌써 걱정을 하고 그래. 아프다고? 그럴 수 있는 것도 괜찮지 않니? 감정이라는 게 없어져 버린 것 같아. 내가 사람인지, 일하는 기계인지…. 사람답게 살고 싶다. 또 아니? 그 슬

품 덕분에 다시 살아가는 힘이 생길지…. 계속 이러다가는 내가 그냥 없어져 버릴 것만 같아."

"어제 말이야. 집에 왔는데 태권도를 마치고 집에 있어야 할 큰애가 안 보이는 거야. 동네 슈퍼나 갔겠지 했는데, 순간 불안해졌어. 십 분, 십오 분 동네를 돌아다니며, 눈에 보이는 엄마들에게 아들을 봤냐고 미친 사람처럼 물어보고 다니다 사색이 되어 있을 때 쯤, 저 멀리 터벅터벅 걸어오는 아들이 보였어. 안도감과 감사함으로 아이를 부둥켜안았어.

네게 있는 사랑에 대한 아픔, 그때 그게 너무 아파서 그만 하기로 했잖아. 그런데 그걸 또 하려고? 얼마나 힘들 텐데…. 그리고 접어둔 그때의 아픔까지 같이 드러날 거야. 쓰릴 거야. 그러면 안 되는 거야. 우린, 지금 그러면 안 되는 시기야."

하지만 그 아이는 한동안 깊은 수렁에서 빠져나오지 못한 나처럼, 그렇게 되지 않으려고 내게 몇 번을 이야기 했다. 그것은 진심이었다. 농담이 아닌, 진실한 마음으로 하는 부탁. 가볍게 지나칠 수 없는…. 그래, 너는 나만큼은 아프지 않기를 바랄게. 이래도 아프고 저래도 아프다면 네가 원하는 길을 가봐.

"네가 나한테 그랬잖아. 겪어야 할 때 겪어야하는 거라고…. 그렇지 않으면 그냥 온실 속 화초일 뿐이라면서 자연스러운 게 좋은 거라고 했잖아."

* * *

그건 그래. 하긴. 삶의 목적을 잃고 방황하는 것보다는 그게 나을지도 모르겠다. 나처럼 나락으로 빠지지 않으려고 네가 살겠다고 미리 부탁하는 것일지도 모른다는 생각이 든다. 그래도 …. 아, 정말, 모르겠다.

내가 아는 나랑 남이 아는 내가 있잖아.
그 모두가 나지.
두 개의 내가 비슷하면 그냥 평범한 철수 아빠가 되고 내가 아는 나랑 남이 아는 나와의 갭이 크면 클수록 인생은 드라마틱해져.
그 선택은 내가 하는 거지.

* * *

아마 내 벗은 그 차이가 큰 사람이었던가 보다. 세상 모두

사랑을 잃으셨다면

어디에서 잃었나

생각하고 찾아나서세요

그래도 없다면

그건 첨부터 없었던 거외다

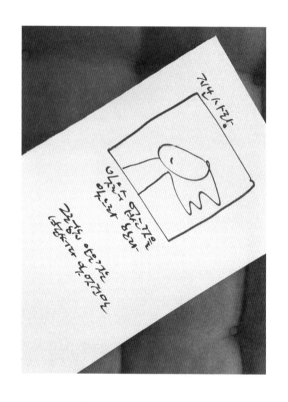

잊을 수 없는 것을 잊으라 한다
그렇지 않은 것은 벌써 다 잊었건만

에게 너의 마음을 숨겼구나. 알겠어. 대신 그냥 가볍게 웃기만 해. 그냥 기분 좋은 봄바람을 맞은 것처럼, 신선하기만 바란다. 부디, 사랑까지 하지는 말아라. 아프지 마라.

"힘들다."

사랑하고 있어. 바보…. 결국 또 사랑을 했다. 그리고 더 아프다. 가장 겁나는 것은 하루 이틀 점점 괜찮아지는 것. 이 쓰림이 무딤이 되고, 그렇게 또 잊히는 것. 네가 없는 하루가 또 일상이 되어버리는 것.

"잠시 중간에서 만났어. 눈으로 쓰다듬으면서 이야기를 했어. 이젠 내가 잡을 수 없는 손이라서 괜히 더 외로워 보이더라. 그렇게 테이블 위 예쁜 커피 잔 사이에 꽃을 보며, 우린 그냥 커피만 마셨어.

그런데 괜찮더라. 아니, 좋았어. 그동안 몰랐던 것들이 다 소중하게 보였어.

그리고 각자의 차에 올라탔고, 내가 앞서고 그 사람의 차가 내 뒤에 있었지. 같은 요금소를 지나 우린 서로 반대로 갔어. 표지판을 따라. 내비게이션의 안내를 따라, 한치의 주저함도 없이 나는 왼쪽, 그 사람은 오른쪽.

클리어! 그런 거겠지. 내가 해줄 수 있는 것은 잘 가라는 깜빡이 인사뿐…. 그거 말고는 없더라. 서로 가야할 길이 명확히 다르다는 것을 아니까. 돌아서는 게 맞아. 여기. 이 가슴에 묻어두고 말이야."

안경 속, 네 눈에 눈물이 고여 있다. 대신 해줄 수 있는 것이 없어 미안하다. 친구야. 그냥 넘겼어야 하는데, 힘들어하는 너를 보니 내 가슴도 아려온다.

그런데 그런 네가 사람같이 보여. 처음 네가 그 어려운 말을 꺼냈을 때 보다 좀 야위고 힘들어 보이지만, 눈빛만은 살아있어. 그 어둠 속에 행복이 보여 좋다. 잘 이겨내렴. 누군가가 그랬다더라. 열심히 살다가 나중에 나이 70세쯤 되서 그때 다시 만나자고…. 그것도 나쁘지 않다고 말이야. 정말 그럴까?

끝없이 헤매다, 그러다 돌아오겠지. 조금 시간이 걸릴 뿐이야. 잘 견뎌 내리라 믿어. 네가 선택했고, 네가 사랑했고, 네가 잘 담아둬야 할 일. 온전한 너로 네가 시작해서 네가 마무리해야 하는 일. 정 아프면 전화해. 소주 한잔 사줄게. 말없이 술이나 먹자.

마음이 추운 날에는

주머니에 손을 넣고

언덕에 올라라

바람을 맞으며

한개피 남은 성냥으로

담배불을 붙여라

끝없이 헤매거라

남자가
남편이 되기까지

한 남자를 남편이라 부르고 산 지 10년이 되었습니다. 어릴 때는 겁도 없었나 봐요. 고작 이십대 초반에 비빔밥집을 운영했으니까요. 사장이란 호칭이 몹시도 어색했던 어린 나이에 가게를 운영한다는 건 쉬운 일이 아니었어요. 그때 물이 마를 날이 없던 손을 잡아 준 사람이 남편입니다. 스물세 살의 아가씨를 만나기 위해 한 시간 넘는 길을 달려 얼굴 도장을 찍었던 사람. 그 정성에 마음이 움직였어요.

언젠가부터 그날의 반찬은 남자가 좋아하는 것들로 채워졌지요. 그는 가게 일에도 신경을 써 주었습니다. 전구를 갈고, 망치질이 필요한 일에는 언제든 찾아와 도움을 주었고 소소한 살림살이도 살뜰히 챙겨주는 섬세한 사람이었습니다.

바보는

영원함을 믿는다

사랑받는 순간에

그렇게 서로에 대한 신뢰가 쌓이면서 우리는 사랑하게 되었습니다. 나를 향한 미소와 따듯함으로 가득한 배려가 좋았지요. 처음 손을 잡는 순간 서로의 마음을 확인할 수 있었습니다. 손끝을 타고 서로의 심연 깊숙한 곳까지 감정이 전달되었으니까요. 우린 자주 손을 잡았습니다. 굳이 말을 하지 않더라도 사랑을 확인할 수 있었으니까요. 그러나 시간이 지나면서 다툼이 생기기 시작했습니다. 그와의 사랑을 지키기 위해서 그가 만들어 놓은 환상을 스스로 깨야한다는 사실 앞에 눈물을 흘리며 아파하기도 했어요.

자전거를 타면서 소소한 위기를 극복할 수 있었어요. 앞서거니 뒤서거니 장거리를 달리며 완벽하진 않았지만 지친 저를 리드하는 모습에서 신뢰를 가지게 되었습니다.

"나를 찾아 떠나겠다."며 30일간의 단기출가를 결심했을 때도 담담한 목소리로 기다리겠다고 말해준 그였어요. 단기출가 후 집에 돌아갈 날이 가까워진 여유로운 일요일, 소복이 눈 내린 한적한 오후. 하얀 눈을 밟고 선 그가 보였어요. 눈 속에서 환히 웃는 그를 본 순간, 가슴이 내려앉았어요. 얼음장처럼 차가워진 손을 하고서도 어떻게 저렇게 웃을까 싶었지요. 참 정성스러운 사람이었습니다. 대화는 없었지만 서로를 바라보는 눈빛이 깊었어요. 느린 걸음으로 전나무 숲을 걷는 동안, 스무 걸음 정도 뒤 보폭을 맞춰 걷는 그에게서 맑고 깨끗한 마음을 느꼈습니다.

그렇게 잠깐의 시간을 보내고 그는 서울로 돌아갔어요. 비록 말 한마디 제대로 못했지만, 그날 밤 이불을 덮으며 처음으로 그와 결혼하고 싶다는 생각을 했었어요.

참 좋았는데. 사람이 변하는 건가요, 사랑이 변하는 건가요.

10년이 지난 오늘 아침, 내 눈앞의 남자는 아이들에게만 생선살을 발라줍니다.

자상한 아빠가 되고부터 내게서는 멀어진 남자. 아이들에게 온기를 쏟고 그의 가슴에 기댄 나는 텅 빈 심장을 마주한 기분이 듭니다. 언제부터였을까요. 사랑받지 못한다는 생각을 하게 된 것이…. 유독 꽃을 좋아하는 내게 양손 가득 선물하며 행복해하던 사람인데, 집에 꽃을 들이면 그만 사라며 짜증을 냅니다.

남자친구와 남편은 다른 거야.

그걸 잘 이끌어가는 것이 배우자의 지혜란다.

집에 오면 해야 할 일이 생각나지만

가정은 생각만 해도 좋은 것이야.

따듯한 곳이 되어야 한다고 생각해.

남자와 남편의 차이를 한동안은 인정할 수 없었어요. 맞아요. 이해 없이 서로의 생각과 감정만 내세웠어요. 보폭을 맞추지 않고 자기만의 속도로 삶을 살아왔으니 두 사람 사이에 간격이 벌어지는 것은 당연한 일이겠지요. 오늘은 남편의 이야기를 들어봐야겠어요. 제 마음이 뒤틀려있었던 것 같아요. 핸드폰에 존경하는 남편이라고 입력만 해뒀지 솔직한 마음은 아니었으니까요. 세상에서 가장 빠른 소식은 담 너머 옆집 남편 승진 소식인 것 같아요. 제 이기심에 남편도 많이 아팠을 거란 생각을 하게 됩니다.

네가 편안해야 남편도 존경스러워 보이고,
아이들도 편안해진다.
편안하게 너의 가족과 너의 주위를 살펴보렴.
내가 보기에 너의 남편은 바보처럼 한없이 좋은 사람이다.
단지 너희들이 너무 지쳤을 뿐….
여행이라도 다녀오면 어떻겠니?

집과 가정은

전혀 다릅니다

눈

마음이 뒤틀린 사람은

온세상을 외로 본다

의심하고 경계하고 부정하고

결국엔 자신의 마음을

삐뚤어진 눈으로 본다

때때로 여행이 필요할 때

운영이가 두 돌 되기 전에 급하게 하와이를 다녀왔어요. 무슨 용기로 그랬을까요. 둘을 안고, 업고, 뛰고…. 잔고는 텅 비어 있었지만 전 가야만 했어요. 어디든 가지 않으면 내가 꼭 숨을 못 쉴 것만 같아서…. 세 살, 네 살의 아이 둘만 데리고 언니를 만났어요. 그래도 어디든 떠나야겠다는 생각이 들었던 그때가 건강했던 것 같아요.

허덕이던 삶 위로 비행기 한 대가 지나가는 것을 보며 눈물이 났습니다. 삶이 아무리 고단해도 떠날 수 있는 용기가 있단 사실을 확인하고 싶었어요. 무작정 떠나느라 준비도 부족했지만 그날 떠나지 못했다면 오늘의 저는 없었을 거예요. 쇼핑 한번 못하고 와이키키비치에만 머물렀지만, 그 여행은

어딘가 가고싶다

어디에도 가고픈 곳이 있다

그래도 가고싶다

조금 더 웃을 수 있고

기쁜 곳에 가고싶다

제게 엄청난 에너지를 주었던 것 같아요. 내게도 떠날 자유와 권리가 있고 무엇보다 실행할 용기가 있다는 사실을 확인했으니까요.

그렇게나 좋았던 하와이를 작년 이맘때 한 번 더 갔습니다. 친정엄마의 칠순 여행이 이었지요. 완벽히 행복해야만 할 시간이었지만 그곳에서 저는 불행했습니다. 사람들이 행복할수록 제가 안은 슬픔의 무게는 더 커져갔습니다. 여행의 마지막 날 언니의 손에 이끌려 속옷 매장을 찾았습니다.

"자신감 넘치는 모델처럼 너도 멋지게 살아."

400불이 넘는 속옷을 내 품에 가득 안기며, 언니가 말했어요.

"막내, 힘내! 다시 시작할 수 있어!"

가족 보다 하루 먼저, 혼자 돌아오는 비행기 안에서 숨죽여 울었습니다. 이렇게 사는 제가 짜증나고 답답해서 눈물이 났습니다. 삶이 지치고 힘든 그때 아이들의 얼굴이 떠올랐어요. 아이들이 너무나 보고 싶었습니다. 마음이 바빠지면서 빨리 돌아가야겠다는 생각만 들더군요. 엄마가 없는 동안 그 불안을 어찌 견뎠을까? 투정 한번 못 부리고 얌전히 지냈다는

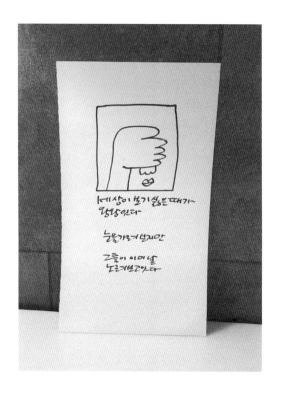

세상이 보기 싫은 때가 왕왕있다

눈을 가려보지만

그들이 이미 날 노려보고 있다

얘기를 들으니 마음이 더 아려옵니다. 잘살고 싶어졌습니다. 지금 이럴 때가 아니라는 생각을 했지요.

네가 아파서 경련을 일으켰을 때 부모도 같은 아픔의 파동을 느끼고 있었다. 어떤 업이 너를 이렇게까지 괴롭히고 있는가를 생각했다. 있는 그대로 보는 법이 불법(佛法)이라는데….

여행에서 돌아오고서 한참 지나 받은 아버지의 편지글에 눈물이 났습니다.

살다보니, 혼자 견뎌야 할 일과 시간이 있다는 말이 맞는 것 같아요. 하지만 어두운 터널에도 끝은 분명히 있었어요. 가까운 가족이라도 대신 해줄 수 없는 꼭 내가 해야만 하는 일, 그 격하도록 힘들었던 시간이 사랑하는 가족 덕분에 빛을 찾아갔습니다. 또 올 수도 있겠죠. 우울이라는 아주 길고도 깜깜한 터널이….

하지만 이젠 알고 있어요. 그 터널에도 반드시 끝이 있다는 것을요.

떠난다는 건 종종 가벼운 흥분과 호기심을 유발하지, 허나 우린 알고 있다.

살아서 천당을 본 사람이 없는 것과 여기 없으면 그곳에도 없다는 걸.

지난 사진을 보니, 그래도 가기를 잘했다는 생각이 듭니다. 그 힘든 시절도 지나 보니 그렇게 밉지만은 않아요. 사는 법을 모르던 제가, 살길을 배우고 찾아가려는 시간이었다는 생각을 합니다. 하와이, 다음에 또 가야죠. 아이들, 우리 남편 다 함께…. 그땐 설렘만 가득 했으면 좋겠습니다.

2월

얼어붙은 땅 아래

씨앗이 보이진 않아도

우린 안다

봄이 온다는 걸

당연한 자리

아이들에게 저녁을 차려주고 잠시 누웠다 억지로 일어났습니다. 그냥 자고 싶었지만 정리되지 않은 식탁을 치우고 설거지를 시작했어요. 이어폰을 끼고 음악을 들으며 별 생각 없이 그릇을 닦는데 발에 물기가 흥건합니다.

'설마….'

아니길 바라는 마음에 모른 척 했어요. 아들이 다가와 이어폰을 빼고 바닥에 물이 많다고 알려줍니다. 아니길 바라는 마음이 현상을 해결하진 못하는 법이지요. 일이 나고야 말았습니다. 아마도 그동안 많은 냄비와 그릇에 조금씩 밀린 배수구 호수가 빠졌나 봅니다. 그런데 인정하기가 싫었어요. 해결할 문제가 커보여서 그냥 모른 척 덮어버렸습니다. 침대로 들어가는 저를 보며 아이들은 떨리는 눈빛으로 저 흥건한 바닥은 어떻게 하냐고 묻습니다. 잠시만 시간을 달라고 하고 모른 척했더니 집이 엉망이 되었습니다.

당연히 그 자리에서 자기 역할을 하던, 그래서 별 것 아니라고 생각하던 것이 제 자리를 벗어나니 집안 전체에 홍수가 났습니다. '아예 부엌을 통째로 고쳐야 하나?'라는 생각까지 들어 그냥 멍하니 있는데 남편이 들어왔습니다. 엉망이 된 집을 보고 옷을 갈아입지도 않은 채 문제를 해결해주기 시작합니다. 우리는 한 시간이 넘게 물을 닦아냈습니다. 오랜만이었어요. 무언가를 같이 한다는 것이…. 언제부터인지 너무 다른 생활을 하는 우리였거든요. 심지어 일주일에 한 번, 마트에 장을 보러가는 것조차 제가 혼자 인터넷 주문으로 해결하기 시작한지 벌써 두 달째입니다. 함께 무언가를 한다는 것. 그것은 분명 의미가 있는 것 같아요.

늘 당연히 그 자리에 있다고 생각한 아빠의 자리, 가장의 자리. 별로 티나지 않고 당연한 자리라고 생각했는데…. 어젯밤 남편이 회사를 옮길 것 같다고 말하더군요. 그래서 이제 주말부부라는 것을 해보자고 합니다. 마음이 싸하게 아파옵니다. 그동안 미처 몰랐던 당연한 자리, 그 빈 공간을 어찌해야 하나 잘 모르겠습니다.

어느 봄날

은빛 연기처럼

비가 내린다

서성거림과

설레임과

막연한 그리움이

이미

떠나고 있다

누구의 탓

유독 힘든 날, 찾을 수 있는 공간이 있다는 것은 감사한 일입니다. 잔뜩 긴장된 맥을 보고 좀 쉬라고 이야기해주는 좋은 의사가 있다는 것도 감사한 일입니다. 본인의 엔진은 마티즈인데 럭셔리한 타이어를 낀다고 해서 차가 잘 나가냐는 원장님의 이야기는 정신없이 달리던 저를 쉬게 합니다. 힘을 키우지 않고서 매번 쓰려고만 하는 마음이 앞서니 일이 될 리가 없지요.

당연한 질문인데, 당연한 답을 가지고 있는 것인데, 자꾸 웃음만 나옵니다. 누구보다 잘 알고 있지만 실천이 안 되는 일, 몸을 살피는 일입니다. 한때는 내 몸이 쓰레기통이 아니라며 좋은 것만 챙겨주다가, 또 다시 먹다 남은 음식을 털어

놓기가 다반사입니다.

배터리가 방전되기 직전까지 달리다가, 아주 작은 배터리를 급속 충전해서는 또 다 써버리고…. 그 한심한 일을 매일 하곤 합니다.

사람답게 살고 싶습니다.

오늘 새벽 수영에서는 오리발을 꼈습니다. 옵션이 장착되어 한없이 빠른 속도로 나갈 수 있으나 체력이 받쳐 주지를 못합니다. 좋은 신발을 신었다고 해서 빨리 뛸 수 있는 것만은 아니었어요. 좋은 신발은 하나의 작은 촉진제일뿐 가장 중요한 것은 체력, 내 안의 힘이었어요. 선생님의 글을 통해 오늘도 다시금 새깁니다. 좋아야 할 것은 내 자신의 자질일뿐, 누구의 탓도 아닌 내 탓이라고.

좋은 학교, 좋은 선생, 좋은 환경

그런 건 없다

좋은 학생이 있을 뿐이다

좋은 배경 좋은 인맥

허나

꼭 좋아야 할 것은 내 자신의 자질이다

누구도 아닌 내 탓이다

그릇

산소에 다녀왔어요. 매년 가는 같은 곳인데, 올해는 추석이 늦어서인지 유독 밤이 많네요. 이틀 전 큰 비가 내렸다더니, 올라가는 길에 밤이 곳곳에 보여요. 흥분한 아이들이 밤을 줍느라 바쁘네요.

산길에 들어서 나무에 달려있는 밤송이만 봐도 좋더니, 골짜기에 떨어져 있는 밤송이가 조금 더 반갑더라구요. 그런데 조금 더 올라가보니 아예 튼실한 알밤이 밤송이 밖으로 나와 있었어요.

여기가 더 좋은데요? 라며 처음 환영받던 밤이 조금 뒤로 처진 느낌. 산소를 올라가야하는데 밤이 자꾸 발목을 잡아서, 저희는 한동안 그렇게 밤만 주웠어요. 한 뭉텅이, 두 뭉텅이,

세 뭉텅이 그렇게 예쁘게 한곳에 모아두고 이따 내려갈 때 가져가기로 했어요.

누가 가져가면 어떻게 하냐는 아이들을 겨우 안심시켜놓고 산소에 도착해 절을 했어요. 내려오는 길에 보니 밤이 더 많아요.

"그런데, 우리 저거 어떻게 가져가지?"

저 많은 것을…. 이제 그만 주어야 할 것 같은데, 눈앞에 있으니 계속 줍기만 하게 되더라구요. 가방은 하나, 비닐봉지 몇 개뿐…. 그나마 있던 비닐봉지를 너무 가득 채우다가, 욕심이 드러난듯 터져서 아예 못쓰게 되었어요.

가방에 들어갈 수 있는 밤에는 한계가 있다는 것을 누구보다 잘 아는데, 눈앞에 밤이 보이니 마음과 몸이 따로 놀더라구요. 본인의 그릇이 작은데, 그릇을 키울 생각은 안하고 자꾸 넘치게 무언가를 넣기만 한 기분이 들어요.

그랬었니? 네가 두고 간 밤은 또 누군가에겐 행운처럼 반김을 받겠구나.

그릇은 말이야. 모양보다는 크기가 중요하더구나. 남의 눈에 보이는 것만 신경 쓰느라 정작 네가 주워가고 싶은 밤을 넣지 못할 수도 있으니까 말이야.

너의 그릇의 크기가 조금 커지는 것 같구나.

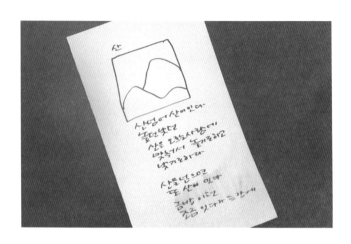

산 넘어 산이 있다

높던 낮던

산은 오르는 사람에

맞춰서 높기도 하고

낮기도 하다

산을 넘으면

또 산이 있다

금방이던

조금 있다가든 간에

결국 우린 선택이란 것을 해야만 했어요. 몇 뭉텅이를 버리고 가야했거든요. 가장 먼저 가장 사랑스럽게 봐줬던 그 밤을 우리는 그냥 그곳에 모아두고, 훨씬 더 큰 알밤을 챙겨 갔어요.

잠깐 생각해봤어요. 처음에 가장 먼저 우리에게 환영받던 밤 입장에서 생각해보니, 좀 어이가 없을 것 같아요. 본인은 그냥 똑같이 그 자리에 있었는데, 너무 좋다며 밝게 다가왔다가 갑자기 내침을 당한 기분. 상대의 태도와 느낌 차이 때문에 본인을 대하는 태도가 너무 달라서…. 당황스러울 것 같아요. 저도 이런 경험이 있거든요.

한창 사랑을 할 때, 회사를 그만두고 미국에 갔어요. 한국에 돌아왔을 때 회사, 함께 걷던 거리, 함께 탔던 자전거, 그 사람… 모든 게 변함없이 그대로였지만, 뉴욕에서 새로운 사람들과 생활하며 보는 눈이 달라진 저는 그 사람이 시시해보여 헤어졌습니다. 그 때 했던 그의 말이 이제야 이해가 되네요.

"난 모든 게 같은데, 변한 건 너야!"

더 정확히 말하면 변한 것은 그때 주어진 상황이었어요. 이런 이야기가 이해되고 나서보니, 그 상황 또한 내가 노력하면 만들 수 있을 것 같은데, 맞나요? 시간은 조금 걸리겠네요. 하지만 이야기 할 수는 있겠죠. 남겨진 사람에겐 조금 미안하지만, 함께 노력하며 성장하는 연인관계가 더 좋아 보일 것 같아서요.

구름

정해진 모양이

없어도

누구나 안다

자세히 볼수록
돋보이는 사람

선배, 잘 지내지? 얼굴 본 지 일 년은 된 것 같네. 혹시 기억 나? 벌써 10년이 지났네. 처음 선배가 내 고객이 된 게 말이 야. 그날, 우리 밤 열두 시에 청약서에 서명을 했었나? 솔직히 그때 선배가 바로 결정하지 않아서 나 좀 서운했어. 많이⋯. 난 3W를 위해 꼭 계약을 해야 하는데 당연히 하리라고 생각 한 선배가 미루니 그 서운함에 혼자 화장실에 들어가 울었 던 것 같아. 내 생각에 선배라면 당연히 내가 이 일을 시작하 고 제일 먼저 계약할 거라 생각했었거든. 일방적이었던 거 미안해.

그때 선배가 그랬어. 지금 선배가 이 계약을 쉽게 해주면 사람과 일의 신뢰에 대해 내가 너무 가볍게 생각할 수 있다고⋯. 맞아. 보험은 사람과 그 사람의 인생에 대해 함께 고민해야 하는 일이라고 실감하게 된 첫 날이었어. 그 사람의 인생계획 없이 나의 목표를 위해 일방적으로 밀어붙이면 안 되는 거라고⋯.

어제 말이야. 제법 굵직한 계약을 하자는 고객을 내가 말렸어. 지금은 보험을 들 때가 아니라고⋯. 그 사람 내가 한창 힘들 때, 작은 빛으로 이끌어준 사람이거든. 주위에 다른 설계사가 많아도 굳이 나한테 하겠다고 오랜만에 만났는데, 얼굴이 예전처럼 밝지가 않더라. 내 성격 알지? 한 시간 그 사람이랑 대화를 나누다가 보험이야기는 10분 하는 거⋯. 그동안 힘들었더라. 지금도 힘들고⋯. 이 상태면 앞으론 더 힘들 것 같아서 내가 안 된다고 했어. 나 가동도 못해서 그 누구보다 계약이 필요했지만, 나보다 잘난 사람이고 나이도 많은 사람이지만 이건 아니라고 강하게 말했어. 그리고 그 사람이 지금보다 나아질 길로 안내했어. 의심스럽게 쳐다보는 그 사람에게 그게 맞는 거라며 몇 번을 이끌었어. 그러고 나니 마음이 좋아. 내가 하는 일은 이런 일이야. 그리고 저 고객, 몇 년 후에 내게 백만 원짜리 보험 들 거, 난 알아. 잘 될 것이 보이거든. 요즘 사람을 만나다 보니 너무 몰라서 문제인 사람보다, 너무 많이 알아서 문제인 사람이 많더라고⋯.

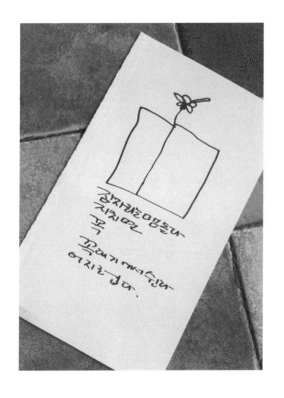

잠자리는 맴돌다 지치면

꼭 꼭대기에서 쉰다

어지럽다

난 정말 몰랐던 거라 생각보다 심플하게 해결이 되는데 머리에 생각만 많은 사람들은 그게 더 힘들어. 그냥 해. 뭐든. 그럼 답이 나온다고⋯. 선배 나 기억하지? 맨날 허둥지둥 부엌자재 발주 잘 못 넣어서 울먹거리던 내가, 책을 낼 거라고 생각이나 했었어? 하다 보니 되더라고⋯. 어제 선배가 소개해준 친구 잘 만났어. 어찌나 깍듯한지 내가 다 민망하더라. 스타벅스 2층에서 사이렌오더로 주문을 하고 커피를 받아오는 그 친구를 보며, 세상 참 많이 바뀌었구나 싶었네. 보험에 대해 10년 째 난 같은 말을 하는데, 10년 사이 난 사람을 대하는 것이 많이 달라진 것 같아. 오히려 더 간단히 A4종이 한 장만을 앞에 두고 이야기를 하네. 요즘 나는 내가 하는 말보다는 들어주는 시간이 더 긴 것 같아. 선배가 인생의 롤 모델이라는 그 친구는 무조건 내가 하자는 대로 하겠다고 하더라. 안 된다고 했어. 조금 불편하긴 해도 본인이 생각하고 본인이 결정하라고⋯. 난 그냥 안내선만 줄 뿐이라고⋯. 오랜만에 훈훈한 총각이 나를 제대로 대접하니 좋던데? 고마워 선배. 도대체 아줌마 칭찬을 얼마나 한 거야?

생각해보니 선배랑 같이 일할 때 나도 좋았네. 그 힘한 현장과 업체들 문제 생길 때마다 무릎도 같이 꿇어주며 늘 선배가 도와주곤 했었지. 아무것도 모르는 내가 이제 뭣 좀 한다 싶을 때쯤 난 그 회사를 나왔지. 그때 못나오면 계속 머무를 것 같아서…. 그거 알아? 나 힘들 때 한창 잘나가는 내 동기 보며, 1500%의 성장률을 보인 그 회사의 주가를 보며 얼마나 후회를 했던지…. 대리점 하나 내줄테니 내려오라는 친구 녀석의 권유에 혹 하기도 했지만, 난 지금 내가 하는 보험 일이 좋아.

　작은 수수료의 그 회사에 왜 계속 있냐고? 약속이니까. 믿음이니까. 처음 선배가 아무것도 모르는 나를 믿고 서명한 그날에 대한 약속, 선배가 결혼을 하고 아빠가 되고 또 살다가 어려울 때 내가 도울 수 있는 일이 있어 좋아. 3W라는 숫자를 위해 미친 듯이 일했던 워킹 초 1년보다, 겨우겨우 몇 개의 진정성 있는 계약을 해내는 지금이 더 좋아. 굵직한 계약을 넣지 못해도 늘 믿어주시는 대표님께 감사하고 있어. 같이 살아가는 일, 보험은 그래. 연애할 때 여자 친구로 소개해준 그들이 결혼을 하고 부모가 되는, 나랑 비슷한 삶, 그냥 사람 사는 일, 난 고객관리를 그리 잘하지 못하는 거 선배도 알지? 대신 내가 필요할 때는 바로 달려갈게. 선배 가입한 보험이 복리 이자로 불어나고 있듯, 조금씩 매일매일 쌓인 나의 경험이 복리로 불어나서, 나 이제 제법 괜찮은 보험아줌마 같아. 어제 그 친구를 보니 알겠어. 그냥 멋진 선배가 추천할만한 아줌마면 된 거야. 소개해줘서 고마워. 여의도 들릴 일 있을 때 연락할게. 밥 사!

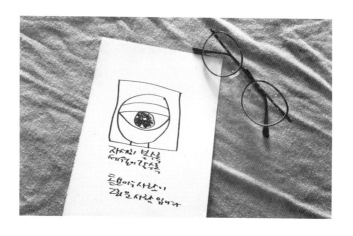

자세히 볼수록 세월이 갈수록

돈보이는 사람이 그리운 사람입니다

보통으로 산다는 건

오랜만에 가족끼리 숙소를 예약하고 바다로 여행을 다녀왔어요. 깔끔한 방에 들어가 침대에서 폴짝폴짝 신나게 뛰는 아이들을 보니 저희도 좋았어요. 그런데 방에 쉽게 보여야 할 콘센트가 안 보이는 거예요. 겨우 찾은 콘센트는 럭셔리한 덮개로 덮혀있어서 결국 프런트에 전화를 했습니다. 겉만 화려할 뿐 기본기능조차 작동하지 않는 꼴을 보니 문득 물건의 가치가 궁금해졌습니다. 그러다 질문의 방향을 바꿔 '나는 어떤가?'라는 생각을 하게 되었어요. 아내, 엄마로서의 역할을 보통은 아닌지, 넘쳐서 오히려 모자람만 못한 곳은 없는지. 살면서 느끼는 거지만 보통으로 산다는 건 결코 쉬운 일은 아닌 것 같아요.

보통 역할하기가 보통 어려운 게 아니야.

매일 집 청소도 하고 빨래도 하고 밥하는 거,

그게 얼마나 대단한 건지 그동안은 몰랐지?

평범하게 사는 게 꿈이었어요.

남들처럼 집과 차가 있고, 급히 쓸 수 있는 통장잔고가 있는 정도의 꿈 말이에요. 아빠가 아침에 출근하고, 예쁜 앞치마를 두른 엄마가 부엌에서 밥을 짓는 보통의 가정을 갖는다는 게 쉽지가 않아요. 빡빡한 생활비에 마음을 쓸어내리는 시간은 어찌나 빨리 돌아오는지. 아이가 딸기가 먹고 싶다고 하면 물러 보이는 것을 들고 마트 직원에게 할인해달라고 조르는 아줌마가 저예요. 어렸을 때 엄마는 왜 늘 좋은 과일을 안 사냐고 화를 냈던 기억이 나서 마음이 저릿합니다.

부서진 달고나를 반값에 사왔다는 딸의 말에 기뻐하는 저를 보며 아들이 말하더군요.

"좋은 걸 먹어. 부서진 거 그런 거 말고!"

닮아가요. 유년시절 내내 좋지 않게 봤던 엄마의 평범한 일상을 제가 따라하고 있어요. 제가 엄마를 닮아가고, 그런 저를 딸이 닮아가네요. 보통으로 살게요. 가끔 가족끼리 다투기도 하겠지만 다툼도 자연스러운 거니까요. 무난히 그냥 살고 싶어요.

쥔 손과 편 손

편 손이 더 커 보인다

자신의 보폭으로 걷다

저는 원래 새벽 수영을 좋아했어요. 하루를 수영으로 시작했는데 엄마가 되니 포기해야 할 1순위가 수영입니다. 새벽 수영의 상급반 레인은 사람이 거의 바뀌지가 않아요. 최소 10년 이상 하신 분들이 반 이상이거든요. 저도 한동네에 오래 살면서 새벽반 수영을 10년도 넘게 다닌 것 같아요. 어려서부터 배운 것을 몸은 잊지 않아요. 수영 덕에 결혼도 저렴하게 했어요. 결혼 상담 차 방문한 호텔 지배인이 함께 운동했던 분이었거든요.

한동안 포기했던 새벽 수영을 다시 시작했습니다. 아이들과 진지하게 의논을 했어요. 엄마가 이러다가 정말 아플 것 같다고…. 밀고 당긴 결론은 주 2회 새벽 수영. 깜깜한 새벽

현관문을 밀고 나갈 때 피부에 닿는 찬 공기의 느낌이 정말 좋았습니다. 강사님은 저를 아래위로 쓰윽 훑어보시더니 초급레인부터 적응해서 올라가자고 하셨어요. 무거워진 몸만큼이나 영법도 엉망이었죠. 유독 자유형이 안 되는 제게 선생님은 엇갈린 영법을 시키셨어요. 자유형 발차기에 평형 손, 자유형 발차기에 접형 손, 자유형 손에 평형 발차기를 시키셨어요. 몸은 가라앉고 팔은 돌아가지도 않았죠. 그때 "마지막 한 바퀴는 자유형 발차기에 자유형 손 하세요!"라는 한마디 외침에 너나할 것 없이 빠른 속도로 튀어 나가더라고요. 심지어 이렇게 기가 막힌 영법을 누가 만들었나하는 탄성이 절로 나올 지경이었어요.

현재 처한 상황이 힘들다고 투덜거렸지만, 막상 다른 길을 헤매다 돌아가 보니 내가 가진 환경이 얼마나 감사한지 알게 되더라고요. 그리고 깨달았어요. 기를 쓰고 가려고 하면 할수록 안되는 게 수영이에요. 어깨와 손목에 힘을 빼고 물을 타야 미끄러지듯 몸이 나갑니다. 발차기도 마찬가지예요. 올릴 때만 힘을 주고 내릴 때는 중력의 힘으로 알아서 내려가게 하는데 제가 깜빡했어요. 기를 쓰고 힘만 준다고 되는 게 아니었어요.

어느 정도 익숙해진 제게 레인을 바꾸라고 선생님께서 말씀하셨어요. 2레인에서 1등이었던 저는 4레인으로 옮기고 꼴찌가 되었어요. 네 단계를 건너뛰어 상급레인으로 올라온 저를 경계하는 그들의 눈빛이 가득했고, 자꾸 뒤에서 손으로 툭, 툭 건드리더라고요. 마음이 급해질수록 나가기는커녕 기를 써봐야 역효과만 났지요. 이럴 때는 잠시 쉬는 것이 답이에요. 한 두세 바퀴는 포기해도 괜찮다고 자신을 다독였습니다. 저마다의 보폭이 있으니까요.

창을 열면 더 많은 하늘이 닦아 섭니다

마음을 열면 더 많은 당신이 가득해집니다

베짱이가 부럽다

그럴수만 있다면 나도 평생 노래나 부르련만

한 철이나 한 평생이나 무어 그리 다르다고

어디든
행복이 있는 곳에서 살자

"준서 아빠는 여기 와서 많이 달라졌어. 지금이 인생에서 가장 힘든데, 다른 면으로 좋대. 오길 잘한 거 같대."

초등학교 입학을 앞두고 주형이의 단짝 친구네가 갑자기 캐나다로 가겠다고 했다. 애 셋을 키우기 빡빡한 상황인데 언니가 다시 공부를 시작했다고 한지 채 일 년이 안 되어 결정났다며 이야기를 했다. 센 언니 느낌의 준서 엄마는 그렇게 쿨하게 뒤도 돌아보지 않은 채 2층 침대를 남겨주고 떠났다. 나름 잘나가는 가게의 사장이었던 아빠는 가졌던 것을 다 내려놓고 캐나다에 무비자로 입국해서 청소부터 다시 시작했다. 그런 그녀가 힘들지만 잘한 것 같다며 보내준 사진 속 가족의 모습은 2년 전보다 한결 행복해 보였다.

"언니, 혹시 기억나? 겨울에 애들 데리고 키즈카페에 갔잖아. 그때 준서가 나한테 아이스크림 사달라고 해서 내가 아이스크림을 사주고 집에 와서 얼마나 후회를 했던지…. 그때 나 한창 마음이 힘들 때라서 운영이 젤리 하나 제대로 못 사줄 때였어. 통장잔고가 없는 것은 아닌데 마음이 비어서 그랬어. 늘 씩씩한 언니한테 조심스레 털어놓은 내 감정 이야기에 그냥 열심히 하루하루 사는 거라고 말했던 언니가 기억나. 저 언니는 뭘 먹고 저리 씩씩하나 싶다가도 애들한테 휘둘리는 언니를 보면 어쩔 수 없는 엄마다 싶었고…. 우리 황금온천 간 날 언니가 다른 건 아껴도 목욕 와서 때 미는 것만은 나를 위한 투자라며 때를 밀 때 나도 무언가가 필요하겠다고 생각했던 것 같아. 그날부터 내가 잊고 지낸 꽃에 다시 관심을 가지게 된 것 같아."

사진 속 가족이 참 좋아 보인다. 내가 알던 저 아이들 전부 다 전보다 더 밝은 표정이다. 그녀는 딱 20살까지만 아이들을 케어 할 것이라고 몇 번을 이야기했다. '그 후에는 우리 인생 살아야지….'라고 남기는 그녀의 톡을 보며 나도 다짐해본다. 한국에서 약간 위축되어있던 큰누나는 리더십이 있어 아래 학년 가르치는 일까지 잘하고 있고, 주형이 친구는 반에

렌즈를 통해서 세상을 보면

종종 또 다른 세상이 보이고

종종 못 보던 모습이 보인다

잘 보면 미운 게 하나도 없다

돈 명예 건강

하나라도 없으면 나머지도 없다

어느것도 가득할 수 없기에

하나가 없으면 모두가 없기에

없으면 없어서 있어도 없어서

그걸 찾는다

서 제일 똑똑하다고…. 늘 받는 것에만 익숙했던 막내 공주님은 느린 애들을 도와주는 일을 하고 처음 와서 영어가 힘든 애들 도와주는 일을 한다며 자랑질하는 언니의 톡의 속도가 빠르다. 한국에서는 늘 아이들 때문에 걱정 많았던 엄마였는데, 아이들의 장점만을 키워주는 그곳의 교육환경이 부럽기도 하다. 나이 40대에 대학생들과 함께 공부하는 엄마도 멋지고, 모든 것 다 포기하고 지원해주는 가장도 멋지다. 그리 열심히 살고 공부하는 아빠, 엄마를 보니 아이들은 자연스럽게 건강하게 성장할 것이다. 그녀는 말한다. 행복하다고…. 주형이네도 어서 돈 벌어 놀러오라고 말하는 언니는 서초동에 살 때보다 한결 넉넉해 보인다. 건강하게 서 있는 온전한 식구라서 더 아름다워 보인다. 가진 것이 많지는 않지만, 의지할 사람이 둘 밖에 없어서 더 애틋해졌다는 그들의 부부관계 또한 부러울 지경이다.

매달 마이너스지만, 마음만 마이너스가 아니면 된다며 웃는 그녀가 아름답다. 잘나가는 미스 때보다, 해야 할 일도 많고 터지는 일도 산 넘어 산이지만 함께여서 더 행복하다고 말하는 11년차 엄마, 살다가 갑자기 센 폭풍이 와도 가족이 있어서 꼭 안고 버티며 행복하다고 웃는 그녀가 밝아서 좋다. 행복은 정해진 것이 아니라 내가 스스로 만들어가는 것이었다.

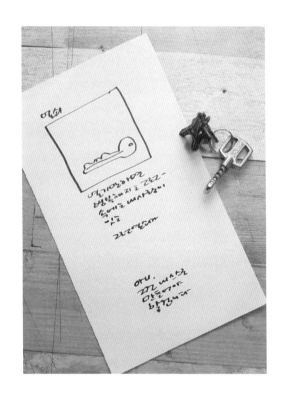

열쇠

열기만 하면 행복해지는 그런

속에는 내 사랑이 있는 그런 열쇠가

아니, 그건 내 스스로

만들어야 할 겁니다

성난 파도는
멀리서 볼 때 아름답다

남편에게 오랜만에 휴가를 받아 혼자 바다에 갔어요. 한눈에 펼쳐진 바다를 보며 행복해 하다가 잡아먹을 듯 몰아치는 성난 파도를 보는 순간은 좀 놀라기도 했어요.

예전에 집채만 한 파도에 휩쓸렸던 기억이 있거든요. 어쩌면 그날 정말 죽을 수도 있었어요. 아름다워 보이는 파도를 배경으로 사진을 찍으려고 해변에 바짝 붙어 섰는데 그때 그 성난 파도가 저를 집어 삼켰어요. 그 엄청난 자연의 힘 앞에 기를 쓰고 움직여봐야 아무것도 안 된다는 것을 깨닫고 이렇게 죽는구나 하고 생각했던 기억이 납니다.

'살자. 어떻게든 살자!'

그 짧고 정신없는 순간에도 몸은 기억하고 있었어요.

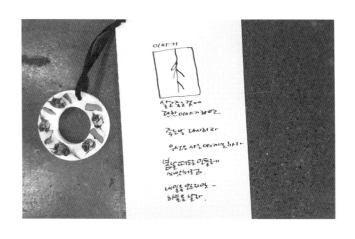

살고 죽는 것에 관한 이야기라면

죽는 날 다시 하자

우선은 사는 얘기만 하자

봄날 떠도는 민들레 씨앗처럼

내일을 모르지만~ 하늘을 날자

'파도와 돌이 부딪치는 곳은 물살이 가장 세니까 파도 따라 바위까지 가서 매달리기만 한다면 누군가 나를 구해줄 수 있을 것이다.'

험해 보이는 파도 속에도 고요한 공간은 있었습니다. 그곳을 찾아 순간적으로 힘을 모은 후 파도를 타기 시작했습니다. 나갈 때 나가고 밀릴 때는 힘을 빼고 그 물길에 몸을 맡겼습니다. 바위가 눈에 들어오자 순간적으로 몸을 돌려 바위에 매달렸습니다. 성난 파도가 채찍처럼 날카롭게 등을 내리쳤습니다. 살아야 했기에 기를 쓰고 매달렸습니다. 아픔은 전혀 느껴지지 않았습니다. 목숨이 위태로운 순간이었으니까요. 그때 저를 향해 내미는 손이 있었어요. 아무리 힘든 상황이라도 삶을 포기하지 말아야 하는 이유를 그때 깨닫게 되었습니다. 혼자가 아니라는 사실 때문입니다. 삶은 혼자 사는 것이 아니었어요.

선생님은 또 한 번 찾아온 극한의 상황에서 제게 손을 내밀어 주셨습니다. 깊은 수렁에서 가까스로 버티고 있던 제게 다시 살아갈 힘을 주셨어요.

큰일 날 뻔 했구나.

그래 성난 파도는 멀리서 바라볼 때만 아름답지.

살다보면 네 삶에 또 그렇게 느낄 때가 있을 거다.

그때는 잠시 나와서 넓은 그림을 바라보길 바란다.

덤으로 사는 인생, 아직 제가 세상에 해야 할 일이 있다는 뜻이겠지요. 숨이 턱까지 찼을 때 매일 새벽 백팔 배를 했습니다. 기도는 새로운 나를 만나는 기회인 것 같아요. 힘든 시간이 한차례 지나가고나니 세상을 바라보는 안목이 깊어지는 것 같아요. 이왕 덤으로 삶이라면 주어진 남들에게 좀 더 따뜻한 사람으로 살아가고 싶어요.

행복의 향기

사람들이 제게 물어요. 꽃을 어디서 가져오는지…. 비싸지는 않는지…. 참 신기한 사람이라는 듯 제게 물어봅니다. 유독 표정이 빡빡하셨던 수영장의 안내데스크 아주머님은 언제부터인지 꽃을 들고 오는 저를 보며 늘 방긋방긋 웃어주십니다. 한의원의 간호사는 저만 보면 함박미소를 보내며 환자분들도 저의 꽃을 기다린다고 합니다. 익숙하지 않아서일 뿐 사람들은 모두 꽃을 좋아하고 있었습니다.

삶이 너무 빡빡해서 길가에 펴있는 꽃을 보지 못했던 거였어요. 가만히 꽃을 들여다보면 모두들 미소를 짓습니다. 자기도 모르는 사이 입 꼬리가 올라가 있더라구요. 평소 꽃을 좋아하는 제게 지인이 말했어요. '나를 위한 꽃집'이 생겼다고….

세상에서 가장 사랑 받아야 할 나를 위한 꽃이 있는 가게, 온전히 나만을 위한 꽃집. 어린아이의 미소를 보면, 그냥 자연스레 지어지는 그 따뜻한 미소처럼 꽃 또한 그러하다는 꽃집 주인의 이야기에 공감이 됐습니다. 꽃은 좋지만 관리할 줄 몰라 한걸음 물러서 있는 이들을 위해 우리는 좀 더 가까이 다가가기로 했습니다. 이틀간의 꽃집 알바. 이틀간 우리는 많은 행복을 선물했습니다.

"단돈 2천 원으로 행복한 저녁을 가져가세요!"

이렇게 외치며 강남의 빡빡한 퇴근길에 작은 향기를 풍겼습니다. 나를 위한 꽃집 덕분에 사람들은 괜스레 더 행복해보입니다. 또 오겠다는 훈훈한 총각은 앞으로 길가의 꽃도 다시 보겠다고 이야기 해주더군요. 사람 사는 곳 같습니다. 꽃으로 조금 편안해진 세상이 되길 그려봅니다.

패랭이꽃이
댓돌가에
피었읍니다.

내가좋아하는
꽃
입니다

계단 밑 돌쩌귀 사이로 패랭이꽃이 피었습니다

초봄에 보이는 보라색이 어딘가 떠나고 싶어 보여서

그 꽃을 좋아합니다

서두르지 않고, 뻗대지 아니하고, 작은 발에 눌려도

시드러지고 마는 그 못난 힘에 맘 아프지만

그래도 때로는 짙고 연한 그 보라색 꽃이 좋습니다

사람 향기

여고생 시절, 유독 잘생긴 수학선생님 덕분에 수학이 재미있었어요. 수업시간 내내 고개를 끄덕이며 재미있게 수업을 들었고, 제법 잘한다고 생각했었지요. 하지만 60점이라는 어이없는 모의고사 점수를 받고 나서야, 내가 알고 있는 이론과 나의 것은 다르다는 것을 절실히 깨달았던 기억이 있습니다. 수업시간에 들었던 이론을 나만의 것으로 만드는 시간이 유독 작았던 탓이었어요.

궁금한 게 많은 요즘, 혼자 고민하다 책을 펼칩니다. 그래도 안 될 때, 질문할 수 있는 분이 한 분 생겼어요. 사장학 강연을 통해 만난 김승호 회장님. 회장님을 만난 뒤부터 계속 느껴지는 것을 이제야 정리할 수 있을 것 같아요.

그의 실패가 부러웠습니다.

그가 가진 많은 것 중 내가 가지고 싶은 것은 바로 실패의 경험이었어요.

회장님께서 큰 그릇으로 퍼주시는 선한 영향력을 받기 위해서 마주해야 할 것은 다름 아닌 '나'였어요. 현재의 나를 제대로 보고 부족한 것과 깨진 부분을 고쳐나가는 것, 제대로 아프고 쓰려보는 것. 그런 뒤에야 내가 받는 선한 영향력을 내 것으로 제대로 소화시켜 수각(그릇)을 키우는 것이 가능해진다는 깨달음.

'살면서 마음을 나눌 친구가 세 명만 있어도 그 사람의 인생은 성공한 인생'이라는 회장님의 말처럼 그동안 쌓아두었던 힘듦과 외로움을 실컷 나누고, 조금 따뜻해진 마음으로 자신을 감싸고 사랑해야 겠다는 생각이 듭니다.

그리고 나서 똑바로 나를 바라보고 나의 일부분을 정리하는 쓰린 과정을 겪어야 하겠지요. 나의 수각에 자신을 그득히 채운 후, 나만의 수각이 넘칠 때가 되어서야 비로소 선한 영향력을 펼칠 수 있다는 것을 이제야 알 것 같습니다. 스스로 다시 한 번 다짐해봅니다.

괜히 바삐 돌아다니지 말자!

괜히 많은 책에 묻혀 있지 말자!

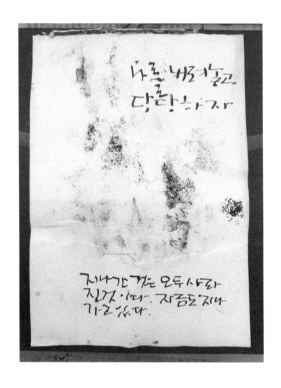

나를 내려놓고 당당하자

지나간 것은 모두 사라진 것이다

지금도 지나가고 있다

괜히 많은 사람들 속에서 인정받으려 하지 말자!

너 자신만 바로 보고 네게 필요한 것을 하자!

너와 다른 몸을 가진 사람에게 맞는 예쁜 옷을 찾으러 다니지 말자!

뚱뚱해도 네 몸을 먼저 사랑하고 거기에 어울리고 필요한 옷을 입혀보는 것이 나를 사랑하는 첫걸음이다. 허상이 아닌 내면의 핵을 찾는 것이 가장 중요하고 시급한 일이다.

우리 행복하자.

'學而時習之不亦說乎(학이시습지불역열호: 배우고 때로 익히면 또한 기쁘지 아니하냐)'이다.

그다음 오는 말은 '有朋自遠方來不亦樂乎(유붕자원방래불역낙호: 벗이 있어 먼 곳으로부터 오면 또한 즐겁지 아니하냐)'이다.

회장님과 처음 아침 식사를 한 날, 조심스럽게 드린 제 명함에 조금 의아해하며 보시던 모습이 문득 생각납니다.

제게는 여러 명함이 있지만, 가장 아끼고 사랑하는 명함이 있습니다. '하늘길 걷는날'이라고 적혀있는 명함을 받으면 사람들이 굉장히 조심스럽게 제게 물어보곤 합니다.

여전히 참 어려운 단어, '죽음'.

하지만 죽음에 대해 먼저 말을 꺼내는 사람은 아름다워요.

제 명함은 마법같이 그 어려운 일을 해냅니다. 누구에게나 젊은 날이 있듯이 누구에게나 가야하는 곳이 있다고 생각해요. 아프지 않고 슬프지 아니하게 맞이할 수 있다면, 장례식은 슬플 필요가 없다고 생각해요. 그렇지만 많은 사람들에게 아직까지 '죽음'은 쉽게 꺼낼 수 없는 단어인 듯 합니다. 그런데 회장님은 너무나 쉽게 죽음 이야기를 꺼내셨어요.

난 이미 내 장례식에 대한 모든 준비를 끝냈어.
내가 죽으면 화장을 한 후 풍선에 넣어 올려 보내라고 했어.
난 죽음을 보는 시각이 좀 다른데, 사람이 정말 죽은 것은 그를 아는 사람들의 기억 속에서 사라질 때라고 믿어. 몸이 죽었다고 죽은 것도 아니고 시체가 묻힌 곳이 무덤도 아니란 생각이야. 오히려 한곳에 묻혀 버리는 것보다 하늘로 올라 흩어지면 물리학적으로도 온 세상 온 곳에 있을 수 있겠지. 운이 좋으면 나의 일부는 우주로 날라 갈 수도 있고 나를 아는 모든 사람이 그들이 내가 어디에 있다는 걸 알 수도 있을 테니까.

이런 뜻을 알고 있는 가족이라면 하늘로 날려 보내도, 하늘로 널리 퍼져도 슬프지 않을 것 같네요. 괜스레 좋은날 하늘을 보고, 괜스레 슬픈 날 하늘을 보며 숨도 쉬고, 그렇게 눈

부신 햇살에 고인 눈물도 닦아보고. 그럴 수 있으면 정말 좋을 것 같네요.

아내여
내가 만약 먼저 죽거든,
우선 당신에게 슬픔을 남기고 가는 걸
미안하게 생각하오.
…
내가 먼저 죽거든,
2년만 참았다가 재혼하시오.
1년 안에 결혼하면 내가 슬플 것 같고
3년 이상 혼자 살아도 내가 슬플 것 같소.
제 마누라에게 새 남편 골라주는 사람이 흔하지 않지만,
다감하고 유머 있으며 진공청소기를 돌려주고
백열등을 갈아줄 만한 사람과 결혼하기 바라오.
…
내가 먼저 죽거든
며느리 얻어서 아들 내외와 같이 생각도 말고,
아이들이 찾아오지 않는다고 서러워하지도 말고,
가족이 그리우면 혼자 된 언니 동생 데려와
한집에 살기 바라오.

쇼핑도 같이하고 학교도 다녀보시오.
남은 인생 기꺼이 즐기시고 죽는 날이 되어
그래도 새 남편보다 내가 더 나았다 생각되면
내 무덤 옆으로 찾아 와주오.

당신은 아름다운 아내였고
사랑스러운 연인이었으며
멋진 엄마였고
정말 괜찮은 친구였지.
내가 만약 먼저 죽어도,
당신을 여전히 사랑함을 잊지 말길 바라오.

−김승호,《자기경영 노트》중에서

3장

엄마, 가족

꽃병에는 꽃무늬가 없다

지금, 네 모습이 30년 후
네 아이들의 모습이다

부모 마음을 부모가 되고서야 깨닫습니다. 기왕이면 편한 길로 갔으면 좋겠어요. 아이를 강하게 키워야 한다지만, 어른이 되고서도 이렇게 아픈 절 보면 아프게 하고 싶지 않아요. 꿈을 꿨어요. 어떤 남자가 그러더군요. 당신이 죽으면 아이는 살려준다고요. 그 말에 펑펑 울었어요. 감사해서요. 아이를 살릴 수 있단 그 말에 감사해서 펑펑 울다 깼습니다.

아이는 아프지 말았으면 좋겠어요. 이기적인 부모인가요. 저보다는 편하게 살았으면 하는 마음이 지나친 욕심일까요. 아이들은 제 삶의 강력한 각성제에요. 차라리 저만 아팠으면 좋겠어요. 남들처럼 평범하게 산다는 것이 이렇게 힘든 것인지 몰랐어요. 제가 받은 것 반만이라도 아이들에게 해줄 수

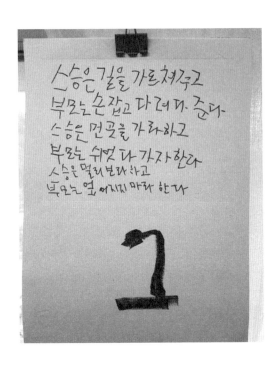

스승은 길을 가르쳐 주고

부모는 손잡고 다려다 준다

스승은 먼 곳을 가라하고

부모는 쉬었다 가자 한다

스승은 멀리 보라 하고

부모는 엎어지지 마라 한다

있다면 하는 생각이 들 때마다 감사함을 느낍니다. 보통의 삶을 위해 얼마나 비일상적인 노력이 필요한 것인지 살아가며 깨닫습니다. 선생님 말씀대로 우리 아이들은 저보다 좀 더 좋은 거울을 가졌으면 좋겠네요. 그러기 위해서 제가 해 줄 수 있는 것이 무엇이 있을까요?

네게 해줄 이야기가 없구나.
이미 너 안에 답은 다 있으니까….
불량 학생들이 말이야, 나쁜 짓할 때
"몰라서 그랬어요." 하는 애들이 있는 줄 아니?
나쁜 것인지 알면서도 하는 거야.
그냥 그걸 해봐야 나쁜지 알거든. 그냥 놔둬야해.
직접 겪어보지 않으면, 어쩔 수 없어.

맞아요. 우리 애들도 어렸을 때 아무리 뜨겁다고 이야기해봐야 말을 안 듣더니 막내가 프라이팬에 데여 화상을 입은 후로는 늘 조심하더라고요. 저도 뒤늦게 이리 깨달을 수 있으니, 그리고 그 이야기를 나눌 수 있으니 좋네요.

어제 오랜만에 김치냉장고에서 김치를 꺼냈는데. 김치 온도가 따듯한 거예요. 순간 불안감이 스치는데 아니나 다를까 상태를 보니 냉장고 전원이 나가버렸더라고요. 전원선이 빠져있었어요. 가끔 김치가 왜 이리 쉬었을까? 하고 이상하게 생각하긴 했지만, 설마 전원이 꺼져 있으리라고는 생각지 못했어요. 저장된 김치들을 다 버려야 겠어요. 차라리 조금이라도 일찍 알았으면 일부라도 살렸을 텐데요.

쉰 김치를 멍하니 바라보는데…. 살피지 않고 무관심했던 저랑 닮았더라고요. 쓴 웃음이 났습니다. 김치 덕분에 저를 돌아봅니다.

김치 사건처럼 앞일은 예측할 수 없다지만, 매번 넘어지기를 반복하니 사는 게 조심스럽습니다. 조금 덜 아프고 조금 덜 돌아갈 수 있는 방법은 없을까요?

세상에서 가장 가까운 사람은 너인 거야.

네 몸과 마음은 너를 위해 너만 바라보고 있거든.

그러니까 네가 그 아이들을 자꾸 보살펴야 해.

네 말처럼, 너 안에서 보내는 이야기를 자꾸 잘 들어봐.

그럼 넘어지는 숫자도 줄어들 거야.

언제부터인지 구부정한 어깨, 예쁜 옷을 입혀줄 수 없는 통통한 몸매, 뒤뚱뒤뚱 이상한 걸음걸이, 제 몸에게 많이 미안합니다. 주위만 신경 쓰고 챙기느라 바빴던 내 마음에 또 미안해집니다.

식물

실내에서 식물을 기르는 것은

고아원에서 아이를 키우는 것과 같다

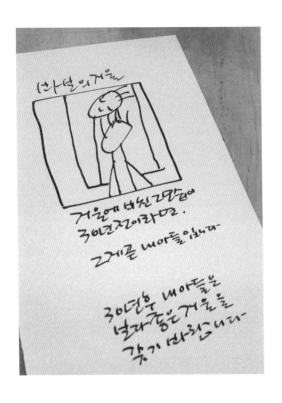

거울에 비친 그 모습이

30년 전이라면

그게 곧 내 아들입니다

30년 후 내 아들은 보다

좋은 거울을 갖기 바랍니다

꽃병에는
꽃무늬가 없다

꽃은 말이야. 내가 누릴 수 있는 유일한 사치란다.

세상에서 제일 예쁜 것을 가질 수 있는 게 꽃밖에 없잖니….

언제 봐도 내 처분만 기다리고 예쁜 것.

내가 돌보지 않으면 죽는 거 아니야?

늘 바라만 보던 꽃을 큰 마음내서 사봤어요. 사치, 그거 저도 좀 부려보고 싶어서, 선생님만큼은 못해도, 저도 꽃이랑 이야기를 해보고 싶어서요. 제 꽃 선생님인 벤자민의 손을 거쳐 본인이 있어야 할 가장 우아한 자리에 앉았을 때, "It's like Queen." 감탄사가 절로 나왔어요. 꽃의 아름다움을 밖으로 끌어내는 힘을 가진 이런 사람이 되고 싶다고 생각할 때쯤, 벤자

민이 길에서 꺾어온 코스모스를 사랑스럽게 다듬기 시작했어요. 나란히 두고 보니 비싸게 사온 꽃보다 들판에 널린 코스모스가 더 마음에 들던데요?

벤자민을 만나고 꽃을 대하는 태도가 달라졌어요. 벤자민은 꽃을 담을 때 무엇보다 꽃이 가지고 있는 본연의 자연스러움을 지키면서 줄기의 곡선을 살려 주는 것이 가장 중요하다고 이야기합니다. 꽃이 목마르지 않게 최대한 신경써주고 조심히 다뤄주는 것은 말할 것도 없겠지요.

관계도 그런 것 같아요. 그 사람을 있는 그대로 봐줘야하는데… 언제부터인지 스스로 돋보이고 싶어 하는 욕심이 관계를 그르치게 만들어요. 상대라는 꽃을 빛날 수 있게 도와주는 것이 아름다운 관계의 핵심이지요. 저는 화려한 꽃이 되기보다는 아름다운 화병이고 싶어요. 꽃도 화병도 서로가 서로를 위해 존재하는 아름다움이 있으니까요. 격하지 않지만 꼭 필요한 그런 존재감. 그거면 충분할 것 같아요.

장미꽃처럼 사람도 저리 홀로 서도 아름답고, 함께 해도 아름다울 수 있기를.. 너는 아이들에게 꽃병의 역할까지만 해주길 바란다. 꽃병은 꽃이 잘 성장하고 서 있을 수 있는 그 밑받침이 되어줌이지.

너무 화려하게 나서면 그 역할을 할 수가 없어.

꽃병에는 꽃무늬가 없다

꽃무늬가 있는 병은 꽃병이 아니다

그럼에도 불구하고

아이 때문에 속상해 죽을 것 같다며 울먹이며 친구가 전화를 했어요. 아이를 처음 안았을 때의 감사함을 기억하고 사랑으로 보듬어주라고 했어요. 아이에게 예쁜 꽃을 하나 선물하라고 했어요.

전에 믿음이란 '그럼에도 불구하고 믿는 것'이라 하셨지요. 그 믿음이 잘못으로부터 스스로 돌아올 힘을 준다고도 하셨어요. 경찰서에서 전화가 와도 무조건 내 아이를 믿어주는 것, 마음은 힘들지만 아무렇지 않은 척 하며 아이를 감싸주는 것. 그것이 부모 역할인 것을 자꾸 잊어요. 아마 내 아이에게도 그런 시기가 오겠지요. 넓은 마음으로 아이의 세상을 안아주겠습니다. '그럼에도 불구하고' 아이를 믿고 지지하겠습니다.

자식들은 이미 나보다 커서

비바람에 내놓여 있습니다

그 어떤 것도 바보가 해줄 것이 없이

그저 바라볼 뿐입니다

인생엔
신호등이 없다

어제는 작은아이 반 녹색 어머니회 날이었어요. 처음 녹색 어머니회가 있던 날에는 떨리는 마음으로 일주일 전부터 준비를 했는데…. 미리 연습도 해보고, 가장 중요한 날처럼 달력에 빨간 펜으로 별표를 쳐뒀거든요. 보통 세 달에 한 번씩 돌아오는 어머니회를 반복할 때마다 계절도 저도 조금씩 익숙하게 변하고 있었어요. 설레는 일은 짐이 되어갔고 어떨 때는 인사조차 부담스러운 날도 있었어요. 우울증이 찾아온 후에 이 시간은 제게 너무 힘들었어요. 막내의 조름에 어쩔 수 없이 또 맡긴 했지만 이젠 조금 여유가 생겼어요. 시간에 맞춰 내 자리에서 깃발을 올리고 내린다. 이것이 둘째 엄마의 여유인가? 싶어요. 미리 가본 길에 대한 여유로움이겠죠.

다 지나고 있다

가만히만 있어도

사거리 횡단보도가 있는 마트 앞에서 깃발을 들고 섰는데 신호등 옆에 '예측 출발금지'라고 쓰인 표지판이 눈에 들어옵니다. 누군가가 인생 신호등을 미리 알려주면 좋겠다는 바보 같은 생각도 해봤습니다.

인간이 느끼는 감정의 근본이 늘 기쁜 것은 아닌 것 같다.
비극이 인간을 순화시키지 않나 하는 생각도 들어.
시간이 얼마나 들었던 간에 목표는
즐겁고 싶은 것일 텐데 말이야.

살다보면 우울이라는 녀석은 한번 이상은 꼭 찾아오는 것 같아요. 풀지 못한 채 쌓여만 갔던 스트레스, 많은 사람 속에 외로움, 고독, 챙김을 받아도 마음이 허한 의지할 곳 없이 휘청거리는 시기, 나도 모르는 날카로움으로 나 스스로를 깊게 찌르게 되는 우울, 그 또한 나임을 이제는 알 것 같아요. 좀 미리 알려주면 좋았을 거라는 생각을 했던 적이 있었지만…

아니요, 우리 인생은 정해진 각본대로 가다가는 딱 그레이의 세상에서만 살 것 같아요. 달려볼래요. 목표를 향해 직진, 아직까지 저는 젊으니까요. 선생님도 같이 가요. 직진, 자꾸 돌아보고 미리보고 걱정하며 불안해하지 말고 우울감도 나의 일부니까 받아들이고 자연스럽게 살아봐요.

우울함은

외로움의 다른 모양인가

좌절의 변형인가

절망의 얼굴인가

한 해 마즈막달

또 한 해가 가는 걸

뻔히 보면서도

성숙치 못한 마음엔

욕심과 회한이 섞인다

애숭이

들어서지 않으면
알 수가 없다

"이쁜 막내!

올해 많이 힘들었지?

아픈만큼 성숙한 너의 해일 것 같아.

언니가 항상 옆에 있어주진 못해도 항상 너의 편인 거 알지?

잘하고 있고 더 잘할 거라고 믿어⋯."

나와 정반대 성향을 가지고 있는 천상 여자인 언니가 크리스마스선물처럼 사흘 동안 우리 곁에 왔다가 다시 공항으로 떠났다. 평소 그녀는 친정의 신정 차례상을 함께 차리고, 시간을 같이 보내고 싶다고 자주 말하곤 했다. 그녀의 꿈은 15년만에 이뤄져서 새해 첫날 우리는 한자리에서 세배를 올렸다.

일 년 같은 하루
하루 같은 일 년

조절할 수 있고
선택할 수 있기를
바라는 마음

작은 언니로 부르곤 했던 언니는 이제 내게 세상에 하나 뿐인 언니가 되었다. 늘 내 편인 사람, 언제 어떤 상황에서도 나를 격려해주는 그녀가 있어 다시 일어설 수 있었다. 한창 바닥일 때, 그녀는 매일 퇴근길마다 내게 "오늘은 좀 어때? 잘 잤어?"라고 톡을 보내곤 했다. 빡빡한 뉴욕생활에 바쁘면서도 그녀는 힘들어하는 막내에게 늘 신경을 써주었다. 씩씩해도, 아파도, 예쁠 때도, 뚱뚱할 때도 언니에게 난 늘 예쁜 막내다.

쇼핑을 나가면 언니보다 내 손에 들린 것이 많았다. 언니는 무엇이든 해주고 싶어 했다. 언니는 내 걱정을 사서 하는 두 번째 엄마 같은 존재다.

언니보다 내가 먼저 엄마가 된 것은 정말 다행이다.

받기만 했던 내가 해줄 수 있는 것과 말해줄 것이 있어 좋다. 나보다 먼저 결혼했지만 언니는 아이에 대한 계획이 없어 보였다.

육아에 지독히도 지친 어느 날 나는 언니와 하와이에서 만나기로 하고 두 놈을 안고 매고 비행기를 탔다. 여행 내 너무 험한 모습만을 보여 언니가 정말 애 가질 생각을 접겠다고 생각했는데, 아이러니하게 언니 눈에는 그런 말썽쟁이들이 너무 예쁘게 보였다고 한다.

결혼 10년 만에 언니가 임신을 했다. 엄마 5년차, 그녀는
말한다.

　그냥 간단한 게 좋아서 둘이 살려고 했지만, 엄마가 되고
나니 참 좋다고…. 안 했으면 후회할 뻔 했다며 싱긋 웃는다.

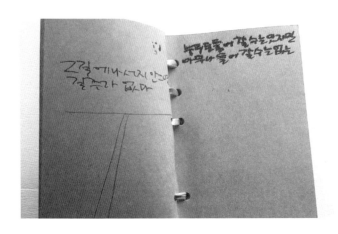

그 길에 나서지 않으면 갈 수가 없다

누구든 들어갈 수는 있지만

아무나 들어갈 수는 없는

아이에게도
배울 게 있다

고급스러운 수제햄이랑 와인, 과일을 추석선물로 받았어요. 선생님으로 불린 이래로 처음 받은 선물입니다. 아이들이 자라는 만큼 저도 같이 성장하고 있는 것이겠죠?

마흔을 두 달 앞둔 친구가 제게 결혼 꼭 해야 하냐고 물어봅니다. 전 결혼은 잘 모르겠지만 엄마는 꼭 돼야 하는 것 같다고 대답해줬어요. 엄마도 엄마가 처음이라 낯설고 힘들지만 아이를 통해 배우는 것이 정말 많지요. 엄마가 되고 나서는 또래의 아이들이 그렇게 사랑스러울 수가 없어요. 단 한번도 누군가를 가르치겠다고 생각한 적은 없지만 아이들이 따뜻한 마음을 가졌으면 하는 마음으로 마음 수업을 듣기 시

바보의 딸

아이가 웃을 땐 따라 웃습니다

이미 행복하니까요

작했는데 이를 계기로 자격증까지 취득하게 되었습니다. 매주 금요일 저녁이면 저희 집에는 운영이 친구들이 하나씩 간식을 들고 행복한 표정으로 들어와요. 언제부터인지 금요일 저녁은 아이들이 손꼽아 기다리는 시간이 되었다고 해요.

잘했다.
새로운 길에 선 너를 응원한다.
사는 법을 조금씩 알아가는 것처럼 보이는구나.

가르치다보면 오히려 아이들을 통해 제가 더 많이 배웁니다. 지난주 망친 강의얘기를 해 줬더니 초등학교 1학년 아이가 눈을 크게 뜨며 말해요.

"다시해요! 다시하면 되지 뭐가 걱정이에요? 지난 것은 잊어버려요. 잘 할 수 있어요!"

그렇게 말하는 아이의 표정이 너무 진지해서 뒤통수를 크게 한방 맞은 기분이었어요. 겨우 초등학교 1학년 꼬맹이들에게 위로받는 어른이라니. 우스울 법도 한데, 신기하게도 그 위로와 격려가 힘이 되었습니다. 살면서 누군가에게 이처럼 확신에 찬 지지와 응원을 받아본 게 언제인지 모르겠습니다.

이럴 수가 있네요. 그러면서 저 자신을 돌아봅니다. 최근 몇 년간 아낌없이 칭찬해 준 사람은 있는지…. 할 수 있다는 작은 격려조차 인색해진 세상에서 아이들의 응원은 진정 값진 것이었습니다.

아이들은 늘 맑지.
마음을 나눌 줄 알아야 삶이 복되다.
아이들처럼.

누굴 돕지만 반걸음 이상

앞서려 하지 않는다

부모에게 자식은
나이먹지 않는다

"미안하다. 바쁜데….”

혈압계를 인터넷으로 주문해달라는 엄마의 문자를 받았어요. 언제부터인지 엄마는 말끝을 흐리며 미안하다 합니다. 평생 자식을 위해 사셨는데, 간단한 부탁 정도는 편하게 말하면 안 되는 걸까요.

도금된 금수저 아이가 말했다.

금수저인줄 알았다고.

애비는 어째서 아들의 인생을 도금해야 했을까?

보다 훌륭하길 바라는 욕심 때문이었겠지.

부모는 늘 자식에게 미안한 법이다.

어머니

첫사랑이시었고

끝사랑이시었고

사랑의 참 모습은

따뜻한 용서였습니다

내가 태어나고 자란 이 동네가 얼마나 좋은 환경인지 대학에 가고서야 알았어요. 전학 한 번 가지 않고 한동네 친구들과 고등학교까지 다녔다는 게 얼마나 감사한 일인지. 화목한 부모 아래 산다는 것이 얼마나 복된 일인지, 지나보니 알겠더라고요. 그것이 얼마나 어려운 일인지를 절실히 느끼게 되었지요.

학창시절 내내 착한 딸이었던 제가 대학에 입학하면서 부모님과 충돌이 생겼어요. 저를 설레게 하는 사람이 생겼었거든요. 연애를 시작하는 막내딸을 보는 마음이 얼마나 불안하셨을까요. 고등학교 때부터 통금 시간이 있었어요. 친구들이 노는 중에도 통금 시간에 맞춰 뛰어 들어가곤 했어요. 통금 시간은 밤 11시. 일부러 그러려던 건 아닌데 11시 3분 전, 4분 전, 1분 전…. 일주일 내내 그 시간에 들어가다가 통금 시간을 지난 어느 날, 벼르고 계시던 아빠에게 뺨을 맞았어요. 아팠어요. 태어나서 처음으로 아빠에게 맞았습니다. 뺨이 아픈 게 아니라 마음이 아파 혼났어요. 그날 이후 한없이 가까웠던 막내딸과 아빠의 관계는 점점 멀어져 갔습니다.

나도 그랬단다.
예쁜 우리 딸이 더 예뻐지는 것을 볼 때
아직은 험한 세상에서 잘 적응하길 바랐다.

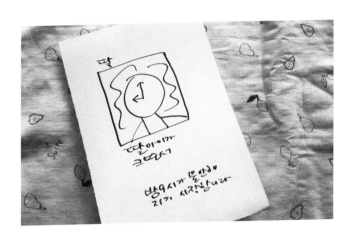

딸아이가 크면서

밤 9시가 불안해지기 시작합니다

그래서 기왕이면 동네 좋은 사람들과 어울리길 바랐어.

난 이미 늙었지만 내 자식을 그렇게 쉽게 포기할 순 없어서,

뭔가 좀 더 나은 것을 가르치고 싶어서,

그렇게 아직도 산다.

예쁜 딸이어서 어떤 남자가 옆에 있어도 마음에 들지 않으실 것 같아요. 저희 아빠도 그랬겠죠. 좋은 자리 다 싫다는 막내가 얼마나 속상하셨을까요? 마음대로 안되는 게 자식이라는데 저 때문에 얼마나 속이 상하셨을까요. 아빠와의 냉전 중에도 부녀 사이에 글이 오고 갔습니다. 2006년 아빠가 보낸 글을 읽어보았어요. 27살의 딸에게 쓴 글이 당시에는 잔소리 같았는데 다시 읽어보니 딸아이를 걱정하는 아버지의 글이 따듯합니다. 10년이 지나 두 아이의 엄마가 된 지금도 아빠의 그 걱정은 계속되고 있네요.

소연, 긴장감을 찾고 리듬도 다시 만들어야 한다. 누가 뭐래도 밤 12시에 들어오는 것은 몸에도 생활에도 커다란 마이너스일 뿐이다. 조그만 일이라도 어머니와 상의하는 습관을 들여라. 여러 가지를 한꺼번에 하려 하지 말고 무엇이 나에게 맞는지부터, 무엇이 사람들에게 도움줄 수 있는지부터 잘 생각해 보렴. 그런 것들을 잘 생각하지 않고 여유 없이 지내면

바쁘기만 하고 아무런 성과도 의미도 없는 삶이 된단다.

시간이 흘러도 자식은 늘 챙겨주고 싶은 존재다.

나도 울엄마한테 늘 받기만 했어.

자식은 부모에게 받은 것을 돌려줄 수가 없어.

그냥 자주 전화드리고 다정하게 이야기를 들어드리렴.

네가 좀 바쁘더라도 시간을 함께 보내드려.

너희도 곧 그런 날이 오거든.

인생이

헐거운 외투처럼 겉돈다

나이가 숫자인 것은

나이 먹은 이들의 주장이다

젊은이는 전혀 관심조차 없는

애탄 부모는
소리 없이 운다

아빠의 낯선 쪽지를 받았다.

너무 늦어서 미안하구나.

반납 예정일을 관심 있게

알지 못해서 ---

1/7/2018

　　한동안 멍하니 종이를 쳐다봤다. 우리 아빠는 늘 강한 분
이셨다. 별 거 아닌 일로 미안하다고 쓰신 아빠의 손 글씨를

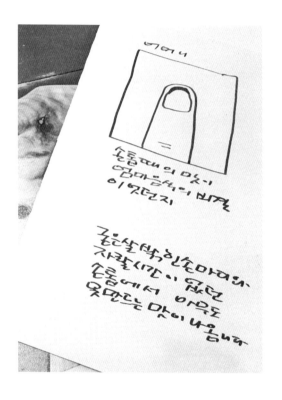

손톱 때의 맛이

엄마 음식의 비결이었던지

굳은살 박힌 손마디와

자랄 시간이 없던 손톱에서

아무도 못 만드는 맛이 나옵니다

보며 하루 종일 마음이 불편해서 혼났다.

우리 아빠도 늙어 가시나 보다.

지금껏 아빠의 흐트러진 모습을 거의 본적이 없었다. 그 흔한 감기도 몇 번 안 걸리실 만큼 자기관리가 확실한 분이시다. 아무리 바빠도 방학이 되면 우리는 늘 가족여행을 가곤 했고, 외국 출장을 다녀오시면 네 명의 자녀들에게 줄 선물을 종류별로 사오시고, 때가 되면 콘서트, 발레, 전시회를 데려가곤 하셨다. 가족법회를 시작하고 한 번도 빼먹으신 적이 없으시고, 때가 되면 네 명 다 외국에 보내주셨으며, 틈틈이 예쁜 옷 사 입으라며 용돈도 챙겨주셨다. 그때는 몰랐다. 저 재미없는 공연을 왜 가자고 하시는지…. 빡빡한 사회생활을 하면서 저만큼 가정을 챙기는 것이 얼마나 힘든지…. 그런 아빠의 노력은 조금씩 더 따뜻한 나를 만들고 있었다.

"아빠, 나 어제 칭찬 받았어. 글도 좋지만, 사람에 대한 배려가 큰 사람이라고…. 아빠 딸 이제 좀 괜찮은 사람이 되어가나 봐요. 고마워요. 엄마아빠의 사랑을 듬뿍 받고 자라서 그런 것 같아. 근데 아빠는 나 낳고 언제 가장 행복했어?"

뜬금없는 나의 질문에 아빠는 시간을 달라고 하셨다. 그리고 며칠 후 아빠에게 메일이 왔다.

네가 재수하지 않고 바로 대학을 갔을 때. 그때 나는 사업에 너무 시달리고 있었고, 어머니는 너희들 기르기에 진이 다 빠져갈 때 쯤, 너만은 헤매지 않고 한 번에 대학에 들어간 게 그렇게나 고맙더라. 요즘은 너도 바쁜데 기운 없으신 어머니를 모시고 병원도 가고 콧바람도 쐬어드리고, 가끔 반찬거리를 가져 올 때, 그리고 스님께 아이들 용돈까지 받을 수 있을 정도의 인간관계를 만들어가는 것도 대단하다고 생각한다. 그리고 요즘 넌 제법 읽을 만한 글도 잘 쓰고 있어서, 네 책이 나오면 아빠는 정말 행복할 것 같다.

"다행이다. 막내가 이제야 좀 아빠한테 든든한 딸이 되려나? 그리고 언제, 가장 막내가 별로였어? 나 때문에 언제 슬펐는지도 궁금해요."

너 대학 입학하고 나서 바로였나? 내 허락 없이 제멋대로 차를 몰고 나가서 사고를 냈을 때, 언니와 불란서 여행가서 체코 해변 파도에 휩쓸려서 죽을 뻔했다는 이야기를 들었을 때, 결혼할 때 결정은 네가 하더라도 아빠가 제안하는 사람은 보지도 않고 일방적으로 통보할 때, 운명이 정해져 있다지만 조금 더 차분히 골랐으면 하는 마음이 들었을 때…. 눈물이 났다. 막내라서 좁은 방을 줘서 정리를 못 한다고? 그때만 해

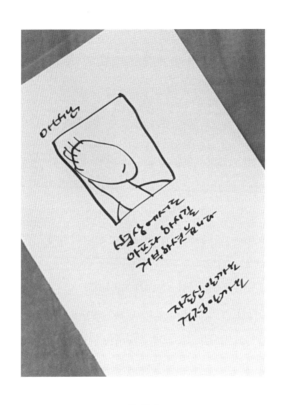

아버님

병상에서도 아프다 하시길

거부하셨습니다

자존심일까요 걱정일까요

도 위계질서가 중요할 때여서 큰아이에게 제일 큰 것을, 막내는 작은 것을 주었다. 그때는 그런 세상이었다. 부모는 서운할 막내까지 챙길 마음의 여유도 지혜도 없었는지 모른다. 지금이라도 사과한다.

두 번째다.

아빠가 아무렇지 않게 내게 사과를 한다고 했다. 모니터의 글에 눈물이 번진다.

아빠 글에 부모로서 가슴이 저릿하다. 한편으로 이 이야기를 아빠와 주고받을 수 있어서 다행이고 감사하다.

"그랬구나. 아빠 미안. 막내가 미안해요. 앞으로 더 잘 살게요. 대학에 가서 겉멋이 들어 면허를 따니 바로 운전을 하고 싶었어요. 아빠도 참, 그냥 시켜주지 그랬어. 아이가 하고 싶은 것이 생기면, 어떻게라도 하게 되어있다는 것을 경험한 비싼 수업료였죠. 너무 크게 사고를 내니 화도 못 내시고 다치지 않은 것만으로 감사하다고 했던 아빠가 아직도 기억나. 두 분 여행 중에 달려오게 해서 너무 죄송했어요. 다행히 큰삼촌이 바로 와줘서 사고처리 같이 해주셨고, 작은삼촌은 고개 숙인 제게 10만원을 쥐어줬어요. 기죽지 말라며. 아빠 같은 삼촌들이 두 분이나 계셔서 그 어이없는 사건도 잘 넘겼어요. 언니와의 여행은 제가 정말 철이 없었어요. 너무 겁 없이 사는 제게 세상이 만만치 않다고 크게 혼난 기회가 되기도 했지요.

그리고 결혼, 아빠가 소개해주는 사람을 만나보지 않은 것은 솔직히 저도 좀 후회가 되요. 우리 아빠가 그랬으니까 당연히 내 남자도 그럴 것이라 생각했고, 이정도 나이가 되면 돈도 당연히 있을 것이라고 생각했어요. 하지만 아빠, 참 좋은 사람을 남편감으로 고른 것은 맞는 것 같아요. 가끔 제가 읽을 만한 기사를 밑줄 그어서 컴퓨터 앞에 놓아두는 걸 보면 아빠랑 닮은 점도 많아요. 좀 고지식긴 해도 따뜻한 사람이에요.

엄마아빠는 속상하셨겠지만, 그 힘든 시간 덕분에 제가 이렇게 많이 컸어요. 한 살이라도 어릴 때 겪어 내는 것이 나은 것 같아요. 넉넉한 집에 시집가서 편안하게 사는 저희 친구들보다 한 십 년은 먼저 성장한 기분이드는 걸요? 아빠 딸 그사이 많이 컸어요. 엄마가 되고나니 제대로 엄마도 보이고, 아빠의 삶도 보이고 그래요. 우리 앞으로 더 좋은 일이 많을 것만 같아요. 사랑해요. 늘 존경하고요…. 건강하셔야 해요!!"

아버님

네 발, 두 발 지금 세 발로 걸으며

새삼 아버님이 그립습니다

성형을 하는 진짜 이유

옆집 언니랑 나눈 톡 내용을 처음으로 다시 봤다. 아침 8시부터 애들 올라간다는 이야기를 시작으로 소소한 육아 일상까지. 애들을 잠시 맡길 요량으로 부탁하면 5초도 안 돼서 '보내!'하고 답장이 온다. 뜬금없이 기분이 별로이면, 집 앞에서 치킨에 맥주잔을 부딪치고, 보고 싶은 뮤지컬이 있으면 일 년에 한 두 번은 둘만의 데이트를 즐기는 좋은 언니.

"언니를 만나서 너무 감사해. 엄마가 되어 다행이야. 그렇지 않았으면 어디서 이리 귀한 분을 만났겠어? 만났다 한들 그냥 스치듯 지나갔겠지. 언니는 정확히 내 4년 후의 모습이야. 애들도 마찬가지고···. 앞이 보이지 않는 막막한 길에서

바보는 첼로 소리가 좋다
내가 아닌 누군가의 소리가 더더욱 좋다

나침반 같은 언니를 만나지 못했다면, 지금의 난 없었을 거야. 난 언니가 참 좋다. 고마워. 천천히 갚으면서 살게."

감정의 기복이 심한 나와 대비되게 참 한결 같은 사람. 그런 언니에게 뜬금없이 궁금했던 것에 대해 툭 질문을 던졌다.

"언니, 나 어제 반영구 하다가 죽을 뻔했어. 아픈 건지 모르고 해서 더 그랬나? 난 앞으로는 절대 못해. 저번에 언니 가슴 수술한 거 아프지 않았어? 도대체 왜 한 거야? 드러내고 다니지도 않으면서…."

그녀가 거침없는 나의 질문에 피식 웃는다.

지금 와서 생각하니 자존감 문제였던 것 같아. 네 말대로 20대의 난 그런 욕심이 없었어. 그때는 필요성을 느끼지 못했던 것 같아. 지금 생각하니 굳이 애들 다 키우고 난 지금 그 아픈 것을 참고 해낸 내가 좀 짠하다. 급했던 것 같아. 뭘 해도 티가 안 나는 인생이었어. 변화를 주고 싶었던 것 같아.

"그랬구나!…. 혼자 얼마나 힘들었던 거야? 속상하다. 어제 피부과 상담을 같이 가서 들어보니 결국은 멀쩡한 피부에 상처를 주는 거더라고. 괜찮은 살에 화상을 입혀 살이 돋아날

때까지 몇 배의 관심을 기울여 새로 난 상처를 귀히 모시는 거. 아픔을 돈 내고 받고, 한동안 험한 피부에 고개 숙이고 다녀도 그걸 그렇게들 해요. 눈에 바로 보이니까. 근데 언니 그거 알아? 우리 벌써 6년이 넘어가네. 우리도 많이 성장하고 있었어. 엄마 6년차의 언니가 13년차의 엄마가 되는 동안, 애들만 아니라 우리도 그 이상으로 컸다고…. 그니까 조급해하지 말고 우리 천천히 지켜보자. 그래도 작년에는 우리 자격증도 함께 땄잖아."

쉽지 않은 힘든 시간이지. 그래, 그 힘든 시간에 혼자가 아님을 감사하자. 정말 혼자면 그 시간이 더 길어지거든….

큰 아이 중학교 입학을 앞두고, 사춘기가 시작되는 아이들에게 조금 서운해진 그녀에게 나는 묻는다. 그렇게 좋으냐고…. 사랑을 가득 담은 연인을 생각하듯 그녀는 아이들이 좋다고 고개를 끄덕인다.

바보에게는 보살핌이 필요합니다

때로는 사랑이란 이름으로

때로는 기다림이란 이름의

아들의 회장 선거

늘 멋진 우리 아들!

어제 괜찮았니? 여전히 서툰 엄마여서 어디부터 어떻게 말을 꺼내야 할지 몰라 펜을 들었다. 너의 3학년 첫날이 생각난다. 1학년 5반 때 너의 뒷자리에서 늘 방긋방긋 웃어주던 친구, 밥 먹을 때도 옆자리에서 이야기를 하느라 바빴던 너희들, 신발까지도 똑같았던 유독 마음에 든 그 친구, 무엇을 해도 그냥 좋았던 너의 가장 친한 친구와 3학년에 한 반이 되었다며 환하게 웃는 너는 이미 세상을 다 가진듯한 표정이었어. 엄마도 괜히 좋더라.

너희들에게 맛있는 점심을 사주고 싶어서 회사에서 일찍 나섰어. 너희들이 키득거리며 고른 메뉴의 음식점까지 가는 동안 뒤에서 엄마가 지켜보니, 일 년 사이 서로의 관심사가 조금 바뀌었다는 사실이 느껴지더구나. 네가 모르는 영화에 대해, 네가 관심 없는 나라와 수능에 대해 친구가 계속 이야기를 하니 너는 조금 당황한 모습이었어. 그리고 친구가 뜬금없이 먼저 꺼낸 말.

"너, 회장 선거 나갈 거야? 너 나 밀어줘야 한다."

그냥 "어…."라고 답해버리는 너를 봤는데, 지금 와서 돌아보니 어쩌면 아들의 마음속에도 회장에 대한 생각이 있었던 것 같아. 의외였어. 엄마는 한 번도 반장에 대한 생각이 없었기에, 네가 그런 생각을 할 줄은 차마 생각하지 못했거든. 회장 선거가 있기 전날 네가 2학기 때 나가겠다고 한 말 기억하니?

"주형이 네가 충분히 생각해서 결정해. 엄마는 널 응원해."

근데 네 표정이 어딘가 좀 불편해 보였어. "아무리 친한 친구라고해서 그냥 뽑아주진 않을 거야. 들어보고 내가 마음 가는 친구로 고를 거야!"라며 씩씩거리는 네 말에 조금 복잡한 마음이 보였어.

태권도장에 다녀와서 사범님이 꺼낸 회장 선거 이야기에 용기를 받아 회장 선거에 도전하겠다는 너에게 엄만 그냥 미소를 보냈지. 왔다갔다 하는 마음, 하고자 하는 의욕, 하지만 준비되어있지 않은 모습. 회장 선거가 네게 조금은 상처를

줄 수도 있겠다는 생각에 엄마도 조금 겁이 나서 그날 밤 잠을 설쳤던 것 같다. 아닌 척 바쁜 척 했지만 선거날 엄마는 내내 긴장했었단다. 생각보다 쿨하게 친구가 회장이 되었고 말하는 너의 표정에 엄마는 안심했어. 다음에는 너도 준비를 해야겠다고, 네가 보기에도 친구가 더 믿음이 가서 너도 친구를 뽑았다는 이야기에 엄마는 정말 기뻤단다.

이 이야기를 들은 피디 아저씨가 네게 남긴 글 기억나니?

친구한테 회장 선거 나가지 않겠다고 했다가 마음이 변해서 나가게 되면, 다음에는 친구한테 이렇게 말하는 것은 어떨까? "미안한데 나도 나가보려고 한다. 우리 선의의 경쟁을 해보자!"라고 말하는 것도 좋을 것 같다. 이런 게 친구간에 우정을 돈독히 하는 신사다운 모습이다.

엄마는 네게 이런 것을 알려주고 싶단다. 수학문제 잘 푸는 법보다는 우는 친구에게 관심 가져주는 것이 더 귀하다는 것을 알려주고 싶어. 살면서 진심으로 네게 잘 대해주는 단 한사람의 어른을 만나면 그 아이는 잘 성장할 수 있다는 이야기를 들은 적이 있어. 사람에게 들이는 정성, 그것만큼 아름다운 것은 없단다.

다행히 늘 좋은 선생님을 만나 참 감사해. 너를 꽃 같이 어여쁘다고 표현한 너의 담임선생님은 따듯한 마음 가꾸기와 스스로 배우기를 중요시여기며, 내 아이가 행복하려면 내 아이의 친구가 행복해야 한다고 이야기 하셨지. 어느 날 가장 친한 친구 둘이 싸웠다고, 그래서 로봇수업에 못가겠다고 다급하게 전화한 네게 "당연히 그래야지!"라고 답해주는 엄마는 못되지만, 결국 그런 선택을 한 너를 응원하는 엄마가 되려고 해. 매일매일 새로운 엄마생활, 네가 많이 도와줘서 이젠 우리 제법 잘 어울리는 것 같아 고맙다.

어렵다

그것은

중단할 이유가

안 된다

목숨처럼 사랑해

늘 예쁜 우리 딸! 어제 괜찮았지? 네가 6개월 동안 조르던 곳에 가서 스케이트를 타고오니 엄마도 좋다. 돌아오는 내내 뒤에 앉아 쫑알쫑알 떠드는 너희를 보니 피곤함도 싸악 사라졌어. 그렇게 졸랐는데 너무 늦게 와서 미안해. 엄마도 노력할게. 하고 싶은 것, 하고 싶은 말 표현하며 크자. 건강하게 말이야.

우리 귀한 딸 엄마에게 오고, 그 사실을 엄마가 처음으로 안날 엄마가 바로 마음껏 반기지 못해서 미안해.

설마 하는 마음에 아닐 거라는 생각에 너를 인정하지 못해서 미안해.

그때 엄마가 너무 힘들어서 그랬어. 엄마, 제대로 크지도 못하고 엄마가 되어서 하루하루 너무 힘든데, 준비되지 않은 채 우리 딸이 먼저 와줘서 조금 당황해서 그랬어. 사과할게. 순천에서 할머니께서 오셨는데, 네가 오기로 되어있는 예정일보다 하루 이틀 지난 어느 날 할머니 허리병원을 갔다가, 약간 느낌이 이상해서 그 옆 산부인과에 가니 이미 5cm나 열렸다고 의사가 놀라더라. 어서 병원으로 가라고 서두르는데 엄마는 빌렸던 책을 다 반납하고 오빠 혼자 있을 것을 생각해서 미리 준비한 장난감을 꺼내두고 천천히 조산원으로 갔지. 처음이 아니라 두 번째라 좀 더 익숙한 곳이기도 했고 괜찮았어.

아마 우리 딸 그때부터 그랬나봐. 엄마 별로 아프지 않게 혼자 그 좁은 곳을 스스로 나오고 있었나봐. 6cm가 열려도 전혀 아프지 않고 편안했어. 오빠 때는 거의 20시간 동안 진통을 한 것 같은데 말이야. 원장님이 그러셨거든. 계속 힘을 주는 게 아니라, 밑으로 무언가 빠지는 느낌이 오는데 그게 달걀만 했다가 사과만 했다가 점점 굵직한 느낌이 되어 수박 정도 내려오나 싶을 때, 그때 의자로 올라가서 힘을 주면 아이가 나온다고 하셨어. 정말 미칠 듯이 아팠지만 천천히 그렇게 커지는 것을 느꼈지. 옆에 아빠가 계속 도와줘서 괜찮았어. 그런데, 우리 딸 낳을 때는 너무 아팠어. 갑자기 수박이 한 번

바보가 딸에게

생각을 하면 왜 눈물이 날까?

날 너무 닮아서

에 내려오는 느낌이었어. 그때는 얼마나 놀랐는지. 지금 생각해도 아찔할 지경이야. 결국 처음부터 큰 충격을 준 너는 2시간 만에 엄마랑 만났어. 길쭉한 키의 4kg의 남자 같은 공주.

"주은아 안녕, 반가워 우리 딸! 고생했다."

아빠는 18개월 된 오빠에게 온 신경을 썼고, 엄마는 둘째니까 수면교육부터 제대로 시키겠다고 너를 참 많이도 울렸던 것 같다. 우리 딸 예민해서 더 잘 챙겨줬어야 하는데, 엄마가 늘 오빠를 먼저 봐서 미안했어. 모유 중 한쪽은 오빠한테 빼앗겨 8살이 된 지금도 눈을 뜨면 '주은이 찌찌'를 찾는 너를 보면 엄마가 참 미안해.

오빠를 너무 좋아하는 너를 엄마는 알아. 하지만 엄마는 너희들이 싸울 때마다 늘 오빠 편에서 너를 혼내곤 해서 더 미안해. 근데 너 그거 아니? 엄마는 우리 딸이 참 좋다. 네가 있어서 저 쪼잔한 남자들 틈에서도 웃고, 네가 안아줘서 엄마 화도 풀리곤 해. "오늘은 내가 쏠께!"라고 지갑 들고 앞장서는 너를 보면, 어렸을 때 늘 쓰고 보자였던 옛날 엄마 생각이 난다.

엄마랑 다른 듯, 많이 닮은 너를 보면 아마 우리 딸 사춘기 한번 거하게 치를 것이 눈에 보여. 엄마는 엄마를 잘 모르고 자라서 사춘기가 늦기도 했지만 많이 아팠어. 우리 딸은 티

없이 맑고 예쁜 아이로 성장했으면 좋겠다. 곱게 자라자. 엄마는 못했지만 네가 좋아하는 사람이 생기면 엄마에게 가장 먼저 이야기 해줄래? 네게 설렘을 줄 사람 이야기를 신나게 함께 하고 싶다. 사랑해.

박주형

씩씩하지?
이제 어린애 시절이
얼마 안남았구나

더욱 열심히
해보자

박은영

새해에도
좋은생각
많이하자

오늘도 글을 씁니다

같은 빨래를 세 번째 돌립니다. 지난밤에 돌린 빨래를 널지 못하고 잠들어서 아침에 다시 돌렸는데…. 또 역시 마찬가지입니다. 계속 반복될 뿐, 다음날도 같은 일을 하고 있습니다. 널려지지 못한 채, 계속 물만 먹는 빨래에게 미안합니다.

강의를 위해 학원을 다니기 시작했어요. 8시 50분 전에는 마을버스를 타야만 합니다. 그래서 늘 서두르는 아침입니다. 그렇다 해도 2초만 확인했으면 됐을 것을…. 서둘러 마을버스에 오르긴 했는데, 버스 위에서 깜빡이가 꺼지지 않은 차가 보입니다. 3분 전에, 전혀 살피지 않고 서둘러 내렸던 제 차가 맞았어요. 짧은 순간 고민을 했습니다.

'내려야 하나? 돌아가야 하나? 그러면 지각인데….'

혼자 고민하다, 그냥 못 본 척 무시하기로 했습니다.

"보통 깜빡이를 켜고 도 네 시간정도는 괜찮지?"

전후 상황 설명 없는 저의 톡에, 뜬금없이 무슨 소리냐는 남편의 질문이 돌아옵니다. 그냥 무작정 동의를 유도하고는 어차피 일어난 일, 무시하려고 노력하는데…. 저런, 경비실에서 전화가 옵니다. 괜찮다고 다독이던 마음이 타인의 말 한마디에 크게 흔들립니다. 가야 하나보다, 마음을 돌리려는데 내가 내게 말을 걸어옵니다.

'너 요즘 좀 너무 허걱 거리는 것 같아. 잠시 좀 쉬어가면 안될까?'

전문용어로 조증이라고 하는 이 증세는 갑자기 본인의 능력 이상으로 무언가를 하려고 욕심내고, 숨이 턱에 차서 잠도 줄이고 먹는 것도 줄인 채 하루하루를 열정적으로만 보내곤 합니다. 제 상황이 그랬지요. 실수는 제 상황을 알아차리게 해주었습니다. 일초의 실수로 한 시간을 돌아갔지만, 그래도 알아차려서 다행이었습니다. 그냥 짜증나는 순간이 아니라, 너 자신을 봐야할 시간이라는 걸 알 수 있어서 감사했어요. 현상을 인지하지 못할 때는, 가끔 다른 사람이 하는 이야기를 들어야 하나봅니다.

제가 글을 쓰기 시작한 게 정말 다행이라는 생각이 듭니다. 모든 것이 글감으로 보이는 요즘, 소박한 하나하나가 전

세상 어떤 책에도

꼭 내 이야기는 없다

그저 내 살아온

비슷한 얘기들이

조금 과장되어 있을 뿐

부 다 소중하고 나라는 마음친구를 만나 많은 이야기를 나누고 있습니다.

인생 전체를 두고 봤을 때, 3~40대는 진정한 질풍노도의 시기가 맞는 것 같아요. 나는 누구인지 길을 잃기도 하고, 처음으로 결혼을 하고, 어른이 되어 갑니다. 나만 사랑한다던 그 남자가 결혼 후 갑자기 바뀌는 것도 실감하고, 어쩌다보면 친절한 다른 사람이 보이기도 합니다. 그리고 부모가 됩니다. 아이만 바라보는 것도 처음이고, 사춘기를 처음 겪는 아이의 부모가 되는 것도 처음이고 시도 때도 없이 내게 화를 내는 아이를 받아 주기만 해야 하는 것도 처음입니다. 그러다 숨이 막히기 시작합니다. 모든 것을 포기하고 싶기도 합니다.

숨이 턱턱 막힐 때, 함께 이야기를 나눌 누군가가 있다는 것이 얼마나 소중한 일인지. 글쓰기를 시작하고 나서부터 알게 됐어요. 글을 쓰는 친구와의 차 한 잔 속의 대화의 깊이는 참 깊기도 합니다. 굳이 제가 드러내지 않아도 그 친구는 이미 제 생각을 알고 대화를 시작합니다.

제가 쓴 원고를 보고 러브콜을 보낸 출판사들을 만난 것은 새로운 경험이었어요. 제 글을 먼저 만난 그들은 이미 나를 예전부터 알던 사람들처럼 따듯하고 편안했어요. 그래서 전 오늘도 글을 씁니다.

하지만 이제 너무 숨에 차게 가지는 않습니다. 바삐 가다가도 고개를 들어 어디쯤 가는지도 살펴보고, 가끔 하늘도 보고, 급히 뛰는 숨도 아래로 내려보고, 맛있는 것도 먹고….

분위기 좋은 카페에서 책도 보고 그러면서 매일 주어진 하루를 선물처럼 여기며 살아보려고 합니다. 그러다보면 한 생이 멋지게 마무리 될 것 같아요.

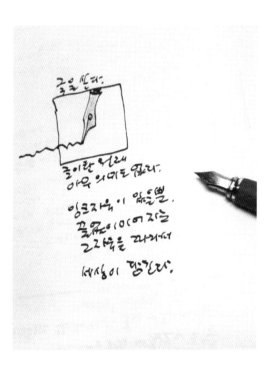

종이란 원래 아무 의미도 없다

잉크자욱이 있을뿐

끝없이 이어지는

그 자욱을 따라서

세상이 담긴다

앉다, 안기다

바다에 갔다. 해돋이를 보며 남기고 싶은 장면을 사진에 담았다. 순간 가장 아름답다고 생각한 그 시간이 얼마 지나지 않아 숨 막히는 장면이 펼쳐졌다. 돌아서서 커피 한잔 마시며 찍은 사진을 다시 보다가 결국 처음에 감동받고 찍은 사진이 가장 별로라는 느낌이 들어 휴지통에 넣으려다 마음이 손을 멈춘다. 간직하자고 한다. 처음 그 기분을 기억하자면서…. 마음이 하는 이야기가 들리기 시작했다.

한창 더운 6개월 전 내가 쓴 원고를 다시 보며 수정하고픈 마음이 커져서 Delete커서를 계속 깜빡이다 문득 따로 남겨 둬야겠다는 생각이 들었다. 이것은 내가 그동안 성장한 것에 대한 성적표와도 같았다. 어색하지만 이 또한 잘해보겠다고 기를 쓰는 내 모습이다. 그 자체만으로도 예쁘지만 진한 화장과 담배 같은 겉멋이 필요한 중고생처럼, 내 글에 잘 보이고 싶은 마음이 가득 느껴진다.

좀 더 잘하고 싶은 날들이 지나고 편안한 마음으로 원고를 마감했다. 예쁘게 출력해서 아껴둔 봉투에 넣어 내가 가장 아끼는 카라 꽃을 하나 꽂았다. 마음에 든다. 특별하진 않았다. 하지만 일상이여서 더 좋았다. 집중하고 싶었지만, 결국 원고를 마감하는 그날까지 난 조용한 도서관에서조차 맘껏 글쓰기를 했던 적이 없었다. 정리가 안 된 집에서 몇 자 적다 설거지를 하고 미처 널지 못한 빨래를 널었다. 글을 쓰다 답답하면 산책 겸 쓰레기를 버리러 나서곤 했다. 그나마 유일한 사치는 새벽 꽃시장, 방긋 거리는 꽃들을 내 품에 안고 오면, 그 넉넉함에 막혔던 글이 쉬이 써지곤 했었다. 나만의 새벽시간이 끝날 때쯤, "엄마"를 부르며 눈뜨는 아이들에게도 가보고…. 그렇게 나의 삶과 글은 다른 곳이 아닌 그냥 엄마라는 여자가 살아가는 제한된 공간에서 이뤄졌다. 똑같이 반복되던 일상 가운데 내게 찾아온 안식처 같은 시간. 특히 사람에 대한 글을 쓰며 난 거의 매일 울었던 것 같다. 글을 쓰는 동안 포근한 나만의 공간에 있는 것만 같았고, 내가 쓴 원고를 읽고 퇴고를 위해 녹음을 하며, 그것을 다시 들을 때는 울먹이는 아이가 엄마 품에 안기는 편안함을 느꼈다. 선생님의 작업실에서 마음에 드는 의자를 발견하고 앉았을 때처럼.

　앉다. 안기다. 글쓰기는 내게 치유 그 자체였다. 글로 드러난 세상은 달리 보였다. 선생님의 서재에서 잠들어있던 글과 그림을 발견했다. 한 문장에 숨이 멎을 뻔 했다. 글과 그림이 가지는 전달력을 새삼 실감했다. 묵은 먼지를 털어내고 이제 이 책을 통해 나와 선생님의 이야기를 세상에 내 놓으려 한다.

그간 관심을 보이지 않던 남편이 말한다. 고생했다고….

원고를 마감하는데 오랜만에 스님께 전화가 왔다. 매년 한 번은 스님께 가곤 했었다. 힘들어하는 나를 보며, 인생 별거 없다며 흐르는 물같이 살라는 가르침을 주신 분, 완성된 원고에 대해 기특해하실 스님을 뵈러 다음 주에는 강원도로 나서야겠다.

기다림

그 누구도 아닌 자신의 충만을 바래는 마음

내 시간을 바쳐 내 인생을 나누어 줄 수 있는

그런 기다림이 기다림이다

인생의 길을 잃은 여자, 인생의 끝에 선 노인을 만나다

여자의 숨 쉴 틈

초판 발행 2018년 4월 30일

지은이 박소연·양수리 할아버지
그린이 양수리 할아버지
펴낸이 추미경

책임편집 이민애 / **마케팅** 신용천·송문주 / **디자인** 싱아

펴낸곳 베프북스 / **주소** 경기도 고양시 덕양구 화중로 130번길 48, 6층 603-2호
전화 031-968-9556 / **팩스** 031-968-9557
출판등록 제2014-000296호

ISBN 979-11-86834-55-8 03810

전자우편 befbooks75@naver.com
블로그 http://blog.naver.com/befbooks75
페이스북 https://www.facebook.com/bestfriendbooks75

이 도서의 국립중앙도서관 출판예정도서목록(CIP)은 서지정보유통지원시스템 홈페이지(http://seoji.nl.go.kr)와 국가자료공동목록시스템(http://www.nl.go.kr/kolisnet)에서 이용하실 수 있습니다.(CIP제어번호: CIP2018011469)